not only passion

not only passion

八三么
軍中樂園

Make love, then war.

葉祥曦

dala sex 033

八三么軍中樂園

作者：葉祥曦
編輯：王聰霖
美術設計：楊啟巽工作室
內頁排版：黃雅藍
企宣：張敏慧
總編輯：黃健和

法律顧問：全理法律事務所董安丹律師
出版：大辣出版股份有限公司
台北市 105 南京東路四段 25 號 11 樓　Tel: (02)2718-2698　Fax: (02)2518-8670
www.dalapub.com　service@dalapub.com
發行：大塊文化出版股份有限公司
台北市 105 南京東路四段 25 號 11 樓　Tel: (02)8712-3898　Fax: (02)8712-3897
www.locuspublishing.com　locus@locuspublishing.com
讀者服務專線：0800-006689　劃撥帳號：18955675
戶名：大塊文化出版股份有限公司
台灣地區總經銷：大和書報圖書股份有限公司
地址：242 新北市新莊區五工五路 2 號　Tel: (02)8990-2558　Fax: (02)2990-1658
製版：瑞豐實業股份有限公司

初版一刷：2014 年 9 月
定價：新台幣 300 元
ISBN 978-986-6634-44-4

Make love,
then war.

編輯前言

——歷史不能遺忘，性史也是！

大辣出版總編輯　黃健和

二〇一四秋天，鈕承澤導演的電影《軍中樂園》在台灣上演。這部電影的拍攝，起因是一篇小文章《軍中樂園祕史》所引發的靈感。

二〇〇六年，為了紀念呼應八十年前北京大學張競生教授所編著之經典性書《性史》，大辣出版與中國時報人間副刊合作，舉辦〈性史二〇〇六〉徵文；號召海內外華人共襄盛舉，書寫各自的性啟蒙、性經驗與性癖好……等個人性史，由楊澤、成英姝、許佑生三位文壇名家擔任評審，在數百篇投稿中，選定了葉祥曦先生的《軍中樂園祕史》一文為首獎。這篇文章與其它十五篇入圍作品，結集為《性史二〇〇六年》一書。

這本書的出版，在當時掀起小小漣漪，讓每位讀者在閱讀的同時，都暗暗回憶自己生命中青春無畏、精蟲充腦的性史歷程。

或許是其真實性，或許是喚起許多記憶與畫面；周遭的電影友人，對書中的故事都頗感興趣，覺得很可以拍出有趣的電影。

是二〇〇六那年，某個周五晚與豆導在台北市健康路公寓頂樓的大辣辦公室小酌；他提出將這篇《軍中樂園秘史》的拍攝權定下來。這篇性史故事，讓他回想起當兵歲月及其父親從北平到台北的生命足跡……

很有趣的，是在幾個月內，亦陸續接到其他電影友人對這篇故事的詢問：從台灣的林正盛導演，到香港的彭浩翔導演，都對這個故事充滿興致。

之後，與作者葉祥曦老先生連絡時，他興高采烈：「這是我第一次寫文章吔，關於八三么及當兵的事，我還有好多故事可以說，應該可以寫出一本書來！」

「好啊！葉先生，你就好好寫慢慢寫，等那一天，這部電影拍出來時，我們就來出版這本書。」自己也開心的回應著。

八年之後，葉先生以他五十年前的當兵記憶為藍本，寫下了八萬字，是為《八三么軍中樂園》。

遵守紀律

目錄

contents

憑券入室

零

首獎：

軍中樂園祕史

關於作者　葉祥曦

男，一九四七年生，台中市人，現居於南投。過完年，我來到這個世界正好一甲子。我出生於深山交通不便的煤礦區，受教育的方式是拳頭打罵，一切依風俗習慣生活。關於女性身體構造和性的問題，羞於啟口，心中觀念是保持童真和未來的伴侶交換。婚後做愛行房也是為了傳宗接代，關了燈偷偷摸摸進行，不管對方的感受。現在已進入二十一世紀，不管年輕人、老年人都應該勇於探討性事。

民國五十六年過完陰曆年，我在新竹關東橋唱從軍樂。那年我正好二十歲，剛從高職畢業，理著大光頭，穿著不怎麼合身的草綠色軍服，踢正步唱軍歌：「我有兩枝槍，長短不一樣，長的打共匪，短的打姑娘……」如此般度完前八週的新兵基本教練。結訓到靶場打靶，六發子彈雖然全「槓龜」，仍順利結訓；我的感想是我打過槍了（以前在家都是偷偷的打手槍「手淫」啦）。

抽籤分發後，我到了陸軍鳳山衛武營的砲兵連。第五天我就出狀況了。和四位同袍在司令部前面割草，休息時我爬到芒果樹上摘芒果（這是違反軍紀），正高興的叫同袍接好芒果，卻發現樹下沒有半個人。司令部的窗口有位上校指著我，叫我過去，我頭皮發麻的向他敬禮。他抄下我名字、連上電話後就叫我回去。我問同袍我會受怎樣處罰，他們說以往都關禁閉室一個月。但事經過半個月，連上沒人提起，我也忘了。有天我在中山室站衛兵，那上校出現在我們連上，他對我們連長說：「這個兵我要，我現在要帶走，陸總部公文批准了在這裡。」我就這樣進入了「八三么軍中樂園」。

丁上校用吉普車載我往鳳山方向，二十分鐘後在五甲路一棟三層樓建築前進入，我看到大門掛著「陸軍第二軍團鳳山特約茶室」。大門有憲兵和衛兵站崗，四周高高的圍牆與牆上鐵絲網，和監獄很相同。

報到第二天開始服勤務，每天二小時衛兵，六小時在管理室等候上級的派遣，如打掃房間、燒熱水、洗浴室、查房、處理糾紛、為客人補票（每人服務為十五分鐘，逾時要補票，小姐一按燈，管理室牆上的燈就亮起，我們就會上去詢問）、押小姐到醫院看病，或到鳳山、高雄買化粧品、內衣褲、衣服。還有小姐要買點心、零食，會先寫好便條紙和錢交給我們，分早晚二次。另外要到廚房幫忙打飯裝便當送飯、到洗衣場晒收衣服，反正上級交待什麼就做什麼，其他時間只要不出營房，跑到小姐房間哈拉打屁也沒人過問。

初來時見到小姐都會臉紅，尤其在浴室看到她們上廁所不關門，當著我裸體洗澡，洗下體，我會落荒而逃，她們就罵我「看到鬼」。這種事常發生，故小姐都知新來一位菜鳥。我每次和她們接觸時，有人會摸我的臉、胸部，甚至我的小鳥。

這棟建築是三層樓回字形，只有一個大門出入，前面是守衛室、管理室、中山室，第二大門就是全棟大樓，入口只有一個樓梯，樓下是售票處，分軍官票十八元，士官兵票十三元，牆上有服務生（妓女）的大頭照片及編號。阿兵哥買票後看牆上照片到二、三樓找小姐房間號碼「打砲」。樓下是我們衛兵連、憲兵排的隊部寢室；樓上二樓一部分隔開為軍官部，大約一百二十位小姐；其他部分及三樓全部是士官兵部，約有九百人。

小姐房間約四坪大，床、櫃子、桌子、電扇、痰盆、椅子、棉被、枕頭外，其他可能用來自殺的東西都不准有，尤其刀子、繩子、玻璃、鏡子、針……，每月查房一次。大門牆上有個燈，小姐開始服務會將燈打開，屋內牆上有個鐘也開始運轉，超過十五分鐘小姐會要求補票。我們管理室的衛兵就背著袋子和零錢為小姐補票，小姐會將門開一小縫，將錢伸出外。房門牆上如果燈亮著，表示裡面在辦事，其他人必需在門口等。一結束小姐會拿臉盆去浴室倒水，又捧新乾淨的水進房。這些小姐都是從台灣各監獄徵召來的，她們如判刑十年，在此服務五年就能出獄，而且每服務一位能抽八元。她們上班時間是早八晚八。休假是月經期及中標或生病。

在這兒我們有衛兵守則三十六條，其中一條是「協助脫逃、接受饋贈、沒買票接受性服務」都要送軍法審判。我換日光燈、通水管、修水龍頭、送衛生紙到小姐房間……樣樣做，深得長官的厚愛。我長得娃娃臉，有幾位小姐要引誘我和她打砲，我都迅速離開。同袍一齊洗澡看到我龜頭仍然包皮，這件事傳到樓上，這些小姐就問我打過砲沒有，是不是處男，如果想開苞可以找她，她會包紅包給我。甚至有人見到我直呼名字：「葉ＸＸ去買票來給我捧場啦。」

每星期一軍團部的衛生連會派醫官和助手三十人來檢查下體，我們衛兵也要幫忙，約六點到八點結束。小姐排隊下樓到醫療車上，躺在一個可以打開雙腳的架子上，由軍醫用器具將陰部打開檢視，並用棉花沾陰道黏液回去化驗；次日我們會接到電話，被告知哪些人停止服務，得接受打針服藥。

這兒的服務生也會為恩客吃醋打架、自殺、發酒瘋、偷竊等，我們都要去處理。她們規定每天至少要收到十張票，但有人關門不接客，也有人拚命賺錢。每月結帳時，成績不好的會被請到管理室輔導，如果繼續如此，這些小姐會和其他地區的特約茶室交換，故每週有人進有人出，猶如我們新兵入伍老兵退伍。丁上校每週一來作一次朝會和巡查，到樓上詢問小姐有什麼要幫助或處理、衛兵憲兵有沒有欺侮她們，竟然有數人指名我在此表現最好。當天朝會上校訓話就說他沒看錯人，並放我七天榮譽假。其實我也沒那麼好，看到漂亮的小姐也會心動，下了班也進小姐房間哈拉打屁。例一：515小姐是位原住民，聽說有二個性器官，我下班去找她，她說我們可以互相看對方的，便馬上脫掉褲子。真的耶！沒有陰蒂卻有一支小雞雞，還有一個陰戶。我看完就跑掉了。例二：039的小姐陰毛從陰阜長到胸部，我也是跑去找她，她也樂意脫褲子給我看，而且還看她的「桃源洞」。

在這裡我第一次碰觸女人身體是因為一位發酒瘋的小姐脫光衣服在走廊亂跑，正好我值班，便上樓老鷹捉小雞般的將她扛在肩上送入房間，為她穿好衣服，在房間貼上「本日公休」。第二次是位小姐盲腸炎，天氣熱小姐都是脫光衣服睡覺，我受命處理，只好扶她起來穿衣服，背她下樓送醫。第三次是819小姐要捉弄我，故意亮有事處理燈，我一進她房間，她就把我撲倒，房間燈又被她熄掉，她孔武有力，全身脫光光的如蛇般纏住我，褲子也被她拉下來，還好同事趕來拉開，不然我差點被她強姦。

要提一件難忘的事，777號小姐長得冷艷漂亮，身材一級棒，門口常常有數十人排她的班，但她每天只接十位，一有十張票定休息，說話從不正眼看我。某日我去為她打掃房間（檢棉阿紙），她站在外面抽煙，我推開床發現一條手巾包著金戒指、項鏈、現金近仟元，我送還她。她緊張地拉我進房，請我不要報上級，會被沒收，什麼條件她都接受。我笑笑的說不會啦，從此她待我如親弟弟。那些東西我偷偷代她寄回屏東潮州，家人也回信收到物品。後來她見到我好高興，在房間內深深的吻我，我也有反應，老二翹得好高。我的初吻就這樣獻給這位妓女。

在此服務半年，一切駕輕就熟，也開始受派外勤工作，值得一提的有二件事：一次我押小姐到美容院洗頭剪髮，她要上廁所，但我們扣在一起，她要求解開手銬，我騙她鎖匙在班長那裡，她只好進去蹲，我站在門外，正好有位不認識的小姐也來上廁所，當時好尷尬。另一次是押人到高雄八〇二醫院，一位拉肚子的小姐要上廁所，我押她到廁所時不知要上男廁或是女廁，我問她，她說廢話當然女廁，就拉我進去，我選最內部那間，怕她跑掉不肯打開手銬，她只好進去。這時也有民眾人來上廁所，責問我在幹什麼，我急得直叫那位蹲廁所的妓女快點快點。有人去叫醫院警衛來，我出示證件，他探頭往廁所內看，我左手和那位小姐仍然銬住，他明白後馬上說：「沒事沒事，警衛押犯人上廁所。」他老兄還陪我在廁所旁聊了十幾分鐘。

時間過的真快，服役破百（剩三個多月要退伍了）。和這些女人相處兩年多，憑良心說，我沒見到一位心儀的女孩嗎？我又不是柳下惠。875小姐身高一百七十三公分，清秀，國立大學畢業，家境富裕，因男友將毒品寄放在她住處被查到。兩人皆判刑十年，男友保釋中偷渡美國，她被遺棄在台灣擔起販毒重罪，曾想不開自殺二次，皆被救活，而轉送來此。她每天只接一個客人，其他九張票都自己拿錢出來補。她房間在三樓最角落處，和丁上校關係也很好，故這裡的長官沒人敢欺負她。她花錢大方，常託我到鳳山街上租小說看，我因英文能力差，常找她指導。

有一次她心情不好，要我晚上八點到她房間陪她。她拿出一瓶洋酒要我陪她喝，連小菜都預備好了，兩人一杯接一杯，最後全醉倒床上，深夜三點多我見她起床小便、喝茶，我也起來小便。她見我龜頭仍包皮，問我有沒有性經驗，我搖搖頭，兩人又倒在床上睡，她開始撫摸我，我的老二也不老實了，她將我衣服脫光，自己也脫光，我對她又吻又挖，她的陰戶充滿淫水，數次將洞口對準我陰莖推進，我皆推開她。她問我為什麼不要，我告訴她，我的第一次要給我未來的太太，她也不勉強我，兩人便擁抱睡到七點我離開。

過完陰曆年，我只剩十天要退伍了，875小姐送我一套西裝、領帶、襯衫、皮鞋。那一夜我又陪她聊到天亮，兩人還互相手淫，她將我的精液全部吞到肚子裡，我倆在早晨依依不捨的分手，她告訴我叫我等她，她要嫁給我，只要我要她。

五十九年二月十五日，我領到一張獎狀、退伍證和車票，便和同袍及二、三樓小姐說再見，坐上十點的夜車回台北，心裡充滿理想與快樂。

附記：

一個妓女在十二小時內能接多少男人？因為我每天要到樓上收票記錄，我最清楚，最高記錄是三十七張。

不久，經衛道人士及報紙輿論大大的批評不仁道、不道德，台灣的「八三么軍中樂園」至一九九二年全部結束消失。

評審講評　成英姝（作家）：

「寫八三么軍中樂園不引人窺奇也難，題材上就佔了優勢，不過，這篇文章吸引我的理由倒並不在此，而是作者的敘事方式。我並不把個人性史描述的文章用看待文學的眼光來加以評價，因此我覺得使用文字的藝術性不如運用口語書寫的魅力來得重要。性史若是造假就沒意思了，因此性史書寫與經營小說並不一樣，在刻意和自然之間的分寸必須有所拿捏。

〈軍中樂園祕史〉使用的口語文字就有吸引我的地方，這篇文章裡有相當足夠的細節描寫，不管是各色妓女的描述、軍中樂園裡的生活作息、作者與妓女們的互動，細節掌握得恰到好處，因為過多或不足的細節經營，都會喪失真實感。而在這篇文章裡，很單純地把故事說出來，就有足夠的說服力和足夠的趣味，可以說是一篇可以滿足讀者的文章。這篇文章另一個有意思的地方，是作者的一種態度；從開始敘述到結尾，有一種引人莞爾的天真，雖然是在一個充滿性張力的空間裡，但是作者有一股有趣單純的自得，其實是這種趣味使得這篇充滿生活化氣息來細數不尋常的經歷的性史有了魅力。」

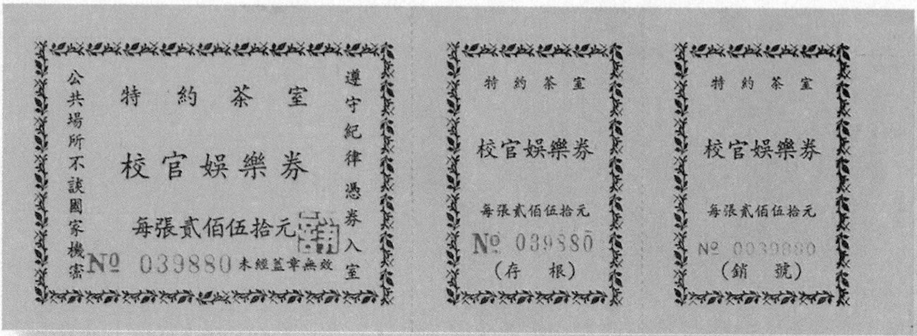
公共場所不談國家機密
特約茶室
校官娛樂券
每張貳佰伍拾元
№ 039880 未經蓋章無效
遵守紀律憑券入室
特約茶室
校官娛樂券
每張貳佰伍拾元
№ 039880
(存根)
特約茶室
校官娛樂券
每張貳佰伍拾元
№
(銷號)

壹

一九六七年三月十五日星期三，我入伍到新竹關東橋步兵訓練中心受訓，為期八週。受訓的項目寫者無味，讀者厭煩無趣。電影、電視演出就是那一套，看多了。我要談的是，那些變態的長官、排長、排副、班長，他們如何訓練新兵、整人打人，讓你求生不得求死不能。

我的兵運真衰，進入第五連又稱模範連——魔鬼連，班長個個是「天兵」，十二位班長合作無間，他們整人有名堂稱號。比如什麼叫做「抬頭遠望」？簡單說就是拉單槓。雙手跳上橫鐵槓，腳不著地，用雙手拉力，將全身上引，頸部越過單槓鐵杆。如此動作，你臉部會自動向上抬望。手放鬆，全身又降下，身體吊在單槓上。

值星班長看哪位新兵不順眼（比如是角頭兄弟、身上有刺青，或是談吐很衝、耍老大），他就叫這位新兵出列，來個「抬頭遠望」，拉單槓。班長要求分解動作，拉上去喊一，降下喊二。他口令不喊二，你就要吊在單槓上不能下來。如此吊單槓者雙手力撐全身，時間一久，雙手酸麻。班長大聲的問被整者：「你抬頭遠望五十公尺外，有一位漂亮的小姐，你看到了沒有？」吊者當然說沒有，值星班長偏說有，如此一問一答磨時間。吊者哭笑不得，雙手又酸又疼。

值星班長指著第二位要受整者說：「95號葉XX，你有沒有看到前方50公尺站著一位漂亮的小姐？」95號一定說前面沒人。班長就叫95號出列，你也吊上去看個清楚。又一個吊上去下不來，第一位已經死撐五分鐘，手麻而掉下來，值星班長就以不服從命令，拳打腳踢一陣，你如果反抗，其他班長就圍過來，合著打你。處罰完才叫你入列。

第二位仍然吊在單槓上，班長又問看到了沒有，如果說沒有，值星班長會問其他班長：「你們看到沒有？」其他班長會整齊回答：「有，很年輕的漂亮小姐。」值星班長就說：「我們能看到，唯你看不到，可能你是近視。」就去借一副眼鏡給你戴上。班長又問：「看到小姐沒有？」受罰者快撐不住，忙說：「有，有，有！」班長又問：「小姐穿褲子還是裙子？」吊者只好亂猜：「是裙子。」班長說：「你看錯了，我看到的是穿褲子。不信問大家。」就對新兵大喊：「你們看到的小姐穿裙子還是褲子？」就有幾位新兵拍馬屁說：「穿褲子！」值星班長說：「對呀！我沒說錯。」如此磨時間，一直到受罰者哭了，或掉下來被揍一頓，才放過你。

處罰種類十多種，例如「灌唱片」：要你左手摸鼻子，右手穿過左手，右手手掌按在地上，開始轉圈圈，有三十六轉、七十二轉、一百零八轉，轉完了，叫受罰者立正站好，沒有一個人站得好，班長又是一頓毒打。「交換蹲跳」，我們班長稱「青蛙下蛋」。「75號陳ＸＸ，青蛙下蛋一百個」，被叫者就要跳一百下。這一百下跳完，保證你雙腿要擦一瓶萬金油，或綠油精才不酸疼，體力差的被處罰完，整天走路雙腳開開如鴨子。

還有一種處罰叫做「捉螞蟻」。

「38號出列，前面一百五十公尺樹林內，你去捉兩隻螞蟻回來，我要一公一母。限你三十秒來回。」哨聲一響，38號就猛衝前面樹林。受罰者來回要跑三百公尺，而且限三十秒，奧運金牌選手也不可能完成任務。況且要在樹林內找螞蟻，百分之九十九空手而回。

班長又兇又喊地罵38號：「我的命令你敢違抗，抬頭遠望五十下。」如果運氣好，38號捉到兩隻螞蟻回來，（千萬不能弄死螞蟻）。班長會問38號，哪隻是公螞蟻，哪隻是母螞蟻，38號就亂掰：「我右手這隻是公的，左手這隻是母的。」班長一巴掌就賞在38號臉上。

「你連班長也敢騙，明明兩隻都是公的（或是兩隻全是母的），38號灌唱片七十二轉。」

這些心理變態的班長如此整我們，就有一次，他命令51號出列：「前面一百八十公尺那棵大樹，你給我從左邊繞一圈回來，限你三十秒。」哨子一吹，51號拼命地跑，氣喘噓噓地回來，向班長敬禮。班長又是一拳打在胸部。

「死老百姓，聽不懂命令呀！我叫你從左邊繞，你給我右邊繞。再去一次，限你二十秒。」

51號又跑一圈回來，班長又是拳打腳踢。

「你是烏龜嗎，來回你給我跑了十分鐘。你敢違抗命令，青蛙下蛋五十個。」

如此惡整我們這些台北兵，真的想幹死這些班長的祖宗十八代。第五週還沒結束，已經有三個逃兵，都在深夜翻牆逃跑。連長報上級，上級報陸總部。這些可憐的同袍，完全是被逼的，第五連的教育班長比共匪更土匪。

但是有某些人例外，有人事背景的新兵。他們會寫限時信回家投訴。或是懇親會，家人來面會哭訴。家長是陸軍兵工署署長少將一顆星，忽然蒞臨本訓練中心，全訓練中心吹起長官視查喇叭聲。接著是廣播：「我是指揮官ＸＸＸ，第五連全連集合，在連集合場等待長官視查。」

不久，一輛吉普車緩緩地開到，指揮官陪著一位將官到來。我們連上這些長官，每人臉都變成綠色、皮皮挫，知道大禍降臨。

「11號熊炳輝出列。」指揮官牽著11號，輕聲細語，對他說：「你爸爸來了怎麼沒打招呼。」

一位和藹可親又慈祥的將官，只說一句話：「各位阿兵哥辛苦了，稍息，下去休息吧！」

一群長官走入中山室，我們這些菜鳥傻呼呼的在幸災樂禍，你們這些死班長，不判刑也要理光頭關禁閉。班長們聚在一起討論。我們坐在連集合場聊天。

半小時後，指揮官陪著兵工署長離開了。連上繼續出操，好像什麼事也沒發生。11號熊炳輝調廚房，免公差、免衛兵、免出操，吃飯到連長那桌一起吃。

第二天十點正，廣播器又吹起喇叭聲，又有長官蒞臨，廣播器又響了：「我是指揮官ＸＸＸ，第五連全連集合，在連集合場等待長官視查。」真準時，和昨天同一時間，有長官來視查，不知又是誰的爸爸來。

集合完畢，我們這位中尉連長對著全連新兵說：「老祖宗呀，有誰的爸爸是將官的出列。」121號陳光榮跑出來，連長馬上替他整理衣服，變得那麼親切，魔鬼的臉消失了，馬屁臉出現。

指揮官陪一位少將將官，從吉普車下來。又是一位慈祥將官，他的訓話如下：「各位阿兵哥辛苦了，我們軍人要能吃得苦中苦。要磨練成鋼的意志，不怕苦、不怕難。你們吃得好嗎？吃得飽嗎？」大約三分鐘，他就結束走進中山室。我們又在連集合場坐著休息談天。不知哪位烏龜兼王八的班長，嘆著氣說話：「怎麼那麼倒霉，昨天送走一位瘟神，今天又來一位瘟神，這５７９梯次台北兵，真碰不得，搞不好，有數不完的饅頭，當不完的兵，以後不用那麼認真的教兵，我只剩兩個月就退伍了。」

下午二點，廣播器又響：「我是指揮官 ＸＸＸ，第五連全連集合，有長官蒞臨親查。」

我們連長：「這次又是誰的爸爸到來，我當二十多年的軍人，從未碰到這種怪事。兩天來三位長官，而且都集中在這梯次，我看我這二鐵路（中尉）要升三條鐵路（上尉），難上加難。」

這次來的不是將官，只是上校階而已，但是他是軍法組檢查官。

「73號楊文翰出列。」

這次沒有訓話，一群人走入中山堂。天氣炎熱，班長將我們帶到大樹下休息。值星官說：「快三點了，今天不用出操了，再操明天又不知誰的爸爸要來。」我們新兵哄然大笑。我心裡對自己說：幹！這三位長官怎麼不早一點到訪。已經進入第七週，再十多天就要結訓，以前日子不堪回首，以後日子要涼了。

果然這三位有人事背景的新兵，白天見不到人，晚上才出現。那些死不要臉的班長，全都圍著這三位新兵哈拉。又遞煙又點火。「陳光榮，班長這裡有一百元，你跑一趟福利社，買一打沙士。班長出錢你請客。」我在旁邊聽了快嘔吐，這種狗腿班長，以後在社會見面，絕不打招呼。

好不容易度完八個禮拜結訓了，沒有人留級，連目不識丁的都畢業了。領差假單，也抽籤下部隊。連長訓話，都說一些沒營養、有的沒有的，大家都沒有在聽，急著要回家休假。「陳光榮、楊文翰、熊炳輝，你們三位不用抽籤，直接保送工兵學校，等一下有交通車送你去火車站。」請問上帝：「這公平嗎？」。我狗屎運當頭，抽到砲兵訓練中心，後八週又有得磨。我自己勉勵自己：我是隻打不死的蟑螂。慶幸沒有抽到金馬獎（金門和馬祖）。那兩地方是沒有人想去的。

在台南三分子砲訓中心，我編到第三連觀測連。每天出基本教練外，就是上課，計算砲落點距離，一班分配一支觀測儀和一隻望遠鏡。上課到第六週，開始野外操課。用卡車載我們一百二十人到關廟山上。這裡有海拔兩百公尺的小山。兩邊山坡種鳳梨。小嶺有設觀測台十個，就是水泥做的碉堡，可以兩邊望。坡的下面有水泥造的假戰車十二個。木牌貼紙板的共匪士兵數十人。

第八週算結訓考試週，我們大砲（105及108）各五支，提早一天運到關廟靶場，早上十一點吹「水雷」警報長鳴，宣傳車在山下兩邊廣播，實彈射擊，請民眾十一點到十二點離開本靶場。我們先六十位阿兵哥，由軍官和班長帶領，上山嶺觀測台，每一組六人加班長一人。另外有通信兵背Ｃ９對講機和我們在碉堡內。十一點正開始發砲測試，單發。Ｃ９發出「開砲」，幾秒鐘後，對面山坡下看到爆炸點，泥土飛揚。先聽到轟一聲砲聲，然後耳朵聽到咻咻咻的砲彈飛越山嶺的爆炸聲。我們要指引發砲手打到戰車和士兵。第一組人看到彈著點，馬上計算要修正砲的仰角和距離。六個人算出座標告訴班長，再告訴通信兵連絡。上級規定，三發是修正砲，第四發就要命中目標，否則記失誤一次，演習回來就要出特別操，晚上罰衛兵。

第一天發射近一百發砲彈，能中目標不到10%，不管如何修正，砲彈亂飛，不聽指揮。回連上聽到發射不出去的啞彈不少。指揮官看了不滿意，連長們被立正訓話一小時。我們回部隊，馬上跑操場十圈，大家累得全趴在地上。

休息兩天，又開始實彈射擊，這一次，我被留在砲台觀測，另外六十人上碉堡。我真正看到如何操砲發射。那砲彈爆炸聲，將我們耳朵震聾。啞彈拆除又驚險萬分，由老士官負責，砲手全部離開。以前發生過，砲門打開砲彈爆炸，當場死了四位阿兵哥。我親眼看到砲彈打上天空，落下時就在我們眼前五十公尺爆炸。也有砲彈射在山坡上的鳳梨園，再高十多公尺就中碉堡。鳳梨園破了一個十公尺方圓的洞疤。我們軍方又要賠老百姓的鳳梨錢。

又是一次狀況百出，指揮官當場罵三字經：「雞巴毛炒韭菜，幹你娘，你們是如何訓練兵的？上級如來視查，我這三顆梅花，不知要落下幾顆花？」回去我們又是操場十圈。我問班長，問題出在哪裡，毛病出在哪裡。幾位班長都搖頭說：「莫宰羊。」可能沒去關帝廟拜拜，從沒有一梯次出這種狀況。

最後一天，也就是畢業考，五個連六百位兵全出動，砲彈預備發射四百發，早上九點開始射擊，到十二點結束，指揮官在十點半吹鬍瞪眼走了。只留下一句話：「管你們去死！」砲彈打完，鳳梨園兩個坡地，都是坑坑洞洞，還沒打完，已有數位百姓在砲台抗議，還請來警察和民意代表。

如此這般，我也領到砲訓中心畢業證書，你們說好笑不好笑。晚上聚餐加菜，指揮官訓話：「你們這些天兵，本指揮官祝你們前途似錦，萬事如意，大家站起來乾一杯。」

次日早晨，連集合場分發七天差假單。抽籤分發部隊。值星官宣佈：「有高中畢業文憑，請記得帶來，可以免抽籤，直接保送砲校和通信兵學校。」受十八週訓練，畢業可以升下士士官。後八週總算熬過了。

休假完返砲訓中心。交出畢業證書登記，領到一張通信學校入訓報到單。中午就有通信學校派來的巴士，我們一群人上了交通車，直達中壢仁美，陸軍第一軍團通信兵學校。

學校不是訓練中心，沒有基本教練出操，我們胸前繡著通校學生。每天上八節課，週日休息可以外出。週六上體育課打球或自由活動，也出公差割草，整理環境。每天三餐，吃自助餐式，每人分一不銹鋼盤子，要吃什麼，自己用夾子去桌上夾，有魚、蛋、牛肉、豬肉、青菜……十幾種，任你吃到飽。菜色新鮮，比前面三個訓練中心好太多了。以前吃飯搶菜、搶飯。菜根本見不到肉，尤其湯，是洗碗水般的清湯，湯裡無料。這裡的湯，有雞肉、鴨肉，排骨加青菜，保證每人吃得到一大碗。我們這兩百位學生，每天生活得笑嘻嘻。我結訓時，長胖了兩公斤，彷彿住在天堂般。

上課內容是如何使用C9和119兩種通信器材，及如何修復保養。另外課程，熟悉「摩斯」電碼，中文和英文二種，另外如何譯電。每天上課就是教官打出滴滴答答，我們寫ABCD，或1234。最後十週，每人分發一台發報機，兩人一組，一人發，另一人收，然後交換。教官在後面指導。上級規定每分鐘，發報八十個英文字母，中文字母是二十個字，收報的人也是一個字都不能抄錯，如此才算合格。

在通校受訓，彷彿住在天堂，吃好住好、假日外出閒逛，到新竹或回台北家裡，只要晚上九點前返通校，參加晚點名，沒人管你。好日子容易過，一轉眼，十八週結訓畢業了。又要換新環境，真捨不得離開。這次我抽到鳳山第二軍轉衛武營區74通信連。

從通信學校，有四位一起到74通信報務連。我們這四位菜鳥，依規定必須留在連上受訓三個月，才能分發到電台服務。每天出公差，站晚上八點到深夜四點中山室衛兵，三餐要排桌子，收擦桌子，清掃連集合場。別人不願意做的勞務，都由我們四位包了，在訓練中心，受班長修理，到部隊受老兵欺負，真是歹命，向誰去哭訴。

哨聲響，連上充員兵到連集合場集合。司令部要三十位公差，打掃司令部辦公室後面的花圃。排長帶我們到目地的，安排做哪些工作後，就溜去「沙龍」福利社，泡茶、聊天、看電視。我們由一位老兵代班管理。割草、掃落葉、清水溝，我們一面摸魚，一面聊天，還有人點煙抽。不知誰提議，（頭上的芒果粒粒黃又大，散發出誘人的芒果香味）上樹摘些芒果來解渴，我馬上爬到樹上，開始摘芒果往下丟，我上樹手腳乾淨俐落，從這棵樹摘完，下來又爬上另外一棵樹，芒果像下雨的往下丟，下面撿的人歡呼，全忘了這地方是司令部辦公室後面。

當我爬到第三棵樹，往下丟芒果時，樹下的同伴全部不見了，一位肩掛三顆梅花的上校軍官在撿芒果，而且手上捧了一大堆。我想他在樹下站很久了，我嚇慌了，站在樹枝上不敢動。上校說：「這位充員兵下來。」我迅速往下爬，跳到草地上，立正敬禮向他說：「上校您好。」他比手勢，要我跟他進辦公室。我頭皮發麻，心裡想：「這下完了，這些同連的同袍，真不夠義氣，要跑也不打聲招呼。」

上校問我：「你是哪一連的兵。」

「74通信連。」

「你服幾年役？」

「報告上校，三年特種兵。」

「還有多久退伍？」

「尚有兩年三個月又兩天。」

「很好，手腳俐落，動作敏捷，臉長得清秀娃娃臉，身高有一百八十公分吧，適合站大門口衛兵。你哪裡人？」

「台北三峽人。」

「學歷？」

「高職電子科。」

上校拿一支原子筆和白紙給我。

「寫下你的姓名和連上電話。」我只好在紙上寫：下士葉祥曦，74通信連，連上電話「河南842」。將寫好的資料交給上校，他說：「摘營區的芭樂、芒果是違紀，你不知道嗎？」我答：「我才來74通信連報到第五天，沒人告訴我。」上校說：「你可以回去，別再亂摘水果了。」

這件摘芒果事件，提心吊膽慢慢地忘記了。半個月後，我站早上十點到十二點中山室衛兵，這位上校出現了。他經過我身邊，只看我一眼，直接走進連長寢室，不久和我們黃連長有說有笑地走向我。黃連長說：「丁團長，陸總部你真有辦法，能把我最優秀的兵挖走。這公文真的還是假的，這位新來的兵，是通信學校第一名畢業，我正要好好訓練，調到電台做副台長。我操，你別處不去挖兵，專找我這一連。」丁團長：「黃老弟，我也是費盡辦法，他們才下公文給我調人。我那地方需要高又俊的阿兵哥，站大門口衛兵。」黃連長說：「團長，人我放給你，你哪日請我喝一杯，否則下不為例。」

丁團長：「我不是專挑你這一連，別連有好的充員兵，我都去要。我負責的警衛連，不能總給我入小學的天兵，反應慢，常出問題。陸總部常下來巡視，又要月績，又要兵服務好，退伍的多，補來的兵少，工作繁多、複雜，極需要精敏、學歷高的兵。過兩天我打電話給你，我們去喝個痛快，我辦公室有半打高粱酒，是一位參謀出差金門帶回來給我。」

值星官帶來一位連上同事，我和他交接衛兵。值星官說：「葉下士，下衛兵後，到補給士交裝備，領本月份的伙食糧票和薪水，帶你私人的行李和丁團長去警衛連報到。」

貳

初到樂園

我和丁團長坐著吉普車，他一面駕駛，一面和我聊天。丁團長說：「告訴我你家人的狀況。」

「父親中風行動不便，在家休息，以前是礦工，母親在家照顧他。大哥、二哥在一家鐵工廠服務。姊姊已嫁基隆，一弟、一妹尚在讀高一和高三。」

「家境如何？」

「生活勉強可以過，沒有儲蓄，住違章建築。」

不久，我們到了一棟像監獄的建築物，四周圍牆很高，牆上有鐵絲網，大門口的憲兵和衛兵，見到吉普車，馬上立正敬禮，大聲喊：「團長好。」車子緩緩開到停車場。我和丁團長走到大樓門口，門口掛著「管理室閒人勿進」的牌子。一位中校走來和丁團長握手，丁團長說：「新來的兵，帶去寢室安排床位。」也對我說：「行李放好，馬上到餐廳，預備要開飯了。」我被安排在88號床位，前學長已退伍，空床位我正好補上，以後，我的稱號是88，沒人會叫我葉祥曦。一位老芋仔士官長出現，自稱是我的班長，告訴我是第四排、第八班，88號。他帶我去餐廳，指定一個座位，我以後吃飯就是這個位置。桌子已坐了另外五位同袍。

大家等丁團長到，值星官叫起立，立正，他向丁團長敬禮後，喊「坐下」，大家才坐好。丁上校叫我起立。這位是新來的兵，是通校第一名畢業，在74通信連，我向陸總部要來的人，你們大家指導他，讓他好好在本連服務。好，葉下士坐下，大家開動吧。值星官大聲喊「開動」，大家才開始吃飯。

這裡是四菜一湯，有一條大魚、紅燒豬肉、大白菜、韭菜炒豆干，菜色和通信學校差不多，比兩個訓練中心和74通信連好太多了。

丁團長臨走前，又來看我，叮嚀我好好表現，別讓他失望，並留下「河北740」，他辦公室的電話，有事直接打電話給他，連上有重大事件，要迅速向他報告。

中午一點，少尉排長值星官，召我進辦公室，發給我三本書——第一本《警衛連衛兵守則三十二條》，第二本《大門站衛兵注意事項》，第三本《內側門衛兵注意事項》。要我背熟，以便執行任務。

「你這三天不排衛兵和出公差，留在中山室待命，值星班長缺人手，會指派你去協助，別人怎麼做，你就怎麼做。不能走出大門，你的識別證三天後才發，只能在樓下活動，二、三樓不能上去，除了和同事出公差。最後我問你，你老實講，你和團長有什麼特別關係？他為什麼要調你來本連？」我答：「我不認識丁團長，和他一點沾親帶戚也沒有。」

「我是第一排的排長姓楊，在連上遇到什麼麻煩，老兵找碴，直接向我報告，我挺你。」

這位排長正向我靠攏、拉關係，我以後也要多多和他接近。這衛兵連共有兩百一十人，人員來自各處，相當複雜，如果有靠山，日子會好過一點吧？

中山室有報紙、雜誌等書刊，我拿了一份青年戰士報在閱覽。一群待命的充員兵，慢慢地一個一個圍著我發問：「哪裡人？幾梯？」我回答：「台北，579梯。」我591梯、我588梯、我602梯、我566梯、我572梯……人人開始各報自己的梯次。

有人說：「我也是台北兵，住中和南勢角，同故鄉的。」有人問：「你怎麼可以升下士士官？」我答：「我服三年特種兵。」我才注意到三十多位同袍，沒有一位是士官。他們都是服二年兵役，訓練中心畢業就分發到警衛連服役。就是比我早來報到服役，永遠只能升到上等兵退伍，要升士官，唯一辦法，志願留學，送去士官學校再受訓。

依軍中規定，路上相遇，這些兵需向我敬禮。我們聊得很愉快，我從他們口中得知，這裡是「全國最大的妓女戶」。服務生（妓女）有近一千多人，從二十歲到五十幾歲都有。從大門進入時，我睥昵到牆上掛著一個木牌：「陸軍第二軍團鳳山特約茶室」。我好奇地想上樓去看那些服務生。他們告訴我，待命中不能亂跑，值星官會點名，他們到下午四點下班，會帶我上去逛一圈。

有人問我：「你聽說過『八三么軍中樂園』嗎？」

我搖頭的回答：「我活了二十歲，第一次到高雄，以前最遠到過台中。」我又問他們：

「為什麼圍牆那麼高，又有鐵絲網？怎麼樓下沒見到一個女人（服務生）？」有人回答：「你先別問，過幾天上樓，去問小姐，她們會告訴你刑期，會在這裡待多久。你退伍了，她們仍然在此服刑。」

我說：「這裡是監獄嗎？」

「本來就是。是阿兵哥打砲的地方。」越說我越好奇，我問他們：「我可以到樓下各處走走看看嗎？」

「去呀，地方雖然大，不會走失迷路，不過你沒掛識別證，遇到憲兵會找麻煩。他們會以為你是外面來的嫖客，想偷東西。廚房、養豬場的同袍，他們沒見過你，一定會找麻煩，別去吧，我們下了班，陪你走一圈，也介紹給他們認識，說來了一位台北兵，是士官耶！」

到了下午四點，另一批同志來換班，這些人擁著我，往大樓的後面走，大家聊天，有說有笑，也告訴我一些趣事。經過停車場、晒衣場、禁閉室，蓄水池養有各種魚供連上食用。到養豬場，二十個欄槽，有三十多條大小豬，只佔用一半，另一半養狗和小雞、鴨、鵝。

我問：「為什麼有那麼多狗？」

「老芋仔及軍官養的，晚上放出來巡邏，白天關起來，冬天老芋仔殺公狗，吃狗肉進補，母狗留著交配生小狗。母狗發情會引進外面的野公狗，老芋仔會將牠們引到欄槽內關起來。

每年冬天將有十幾隻公狗遭殃，但狗的數量沒有減少，反而增加，那些高級軍官，還拿狗當禮物，送給軍團司令部的軍官，他們藉口說『司令部有人要養狗』。送去軍團司令部的都是公狗，全部進了那些人的肚子裡。」

到廚房打了聲招呼，因為在做晚飯，大家都很忙，沒人理我們，自討無趣。我們去時從左邊繞大樓走，回來從右邊回來，經過油庫、儲藏室、廁所、籃球場、網球場、司令台、車庫、養魚池（共四個），魚池的作用，是預防發生火災用水。回到售票處大樓，隔棟就是中山室，回到原點。走一圈十五分鐘，這地方到底佔地幾甲，我不會估算。這裡本來是甘蔗園，陸總部徵收建軍中樂園，給阿兵哥性發洩的地方。軍中樂園的四周牆外，仍然是一片甘蔗園。

下午五點晚餐，菜色多又豐盛，餐後，我自願留下來幫忙打掃。和同事用三輪車拉著餐盤、飯桶到廚房，清理剩下的菜肴到鐵桶，預備養豬、餵狗。一面工作一面聊天。他們二十個是固定在廚房工作，不參加任何任務。我心裡想：如果申請到廚房服務，不知上級能否批准，況且有位同袍剩十幾天要退伍（後來我沒有提出申請）。

晚上七點五十分，開始播放音樂，並且廣播：「本茶室服務時間到八點，消費者請在八點前離開本大樓。」值星官吹哨子，衛兵連在連集合場集合。值星官帶隊上樓，每班班長帶兵到自己負責的房間，我們班長是負責三樓600到700號房，那些服務生全站在自己門口走廊。

我們衛兵，一個人一個房間搜查，有沒有躲人。房間逐一的查完，再來是男女廁所和浴室，也是每間打開看。搜查完畢，班長帶隊下樓。

廣播器又響了：「各位服務生辛苦了，妳們可以洗澡休息，日光燈亮到十點。」廣播又開始放音樂。我們這些兵在連集合場唱免點名軍歌，聽連長的訓話。結束後就解散各人去洗澡、刷牙、洗臉、洗腳。我去四處看看轉一下，大門口鐵門已關閉。上大樓樓梯鐵門也鎖起來，樓梯口有一位衛兵站崗。軍官部樓梯也一樣，中山室也有一位衛兵站崗。

任務開始

寒流到來，今天攝氏在10度以下，天氣好冷唷！離聖誕節只剩一星期，又換新環境，有淡淡的鄉愁。初次來到高雄，假日計劃到高雄碼頭和旗津去看海。大貝湖（又稱澄清湖）、左營春秋閣（蓮池潭），也一定要去玩，想著想著迷迷糊糊睡著了。

聽到哨音響，值星官的口令：「全連起床，二十分鐘後，連集合場集合。」看錶才五點三十分，天還未亮。離開棉被，馬上穿毛線衣和衛生衣，天氣好冷。

唱完軍歌，連長、副連長沒有參加早點名，故沒有訓話。值星官分配工作，第一排打掃中山室前庭和大門口，第二排大樓右側到廚房，第三排大樓左側到廚房，第四排大樓後面到廚房。大樓兩側有公廁，前面走道植樹直通到廚房，廚房是靠著圍牆而建，廚房兩側各有一個鐵門，出鐵門就是外面的甘蔗園，鐵門用鎖鎖著。

我們到儲藏室拿竹掃把、畚箕，各人分開，洗廁所掃地，掃行道路樹的落葉。停車場、洗衣場、魚池四周，一百多人速度很快就完成了。大家站著聊天，三五成群，有人抽煙，班長也混在其中。

六點五十分，廣播器哨音響了，值班的同袍，連集合場集合。有一部分人跑步回中山室前庭，剩下的同袍也慢慢的走回寢室和中山室。七點正，廣播器播放：「全國統一標準體操預備—間隔音樂、一二三四、二二三四、三二三四、四二三四、交換、一二三四……」

我問旁邊的同袍：「誰在做體操？」

「還有誰，樓上的服務生啦！」值班的同袍去催她們出來作體操，另一批人到廚房幫忙打飯、裝便當。送便當到樓上，給樓上服務生吃早餐。

七點二十分，全連集合後進入餐廳，連長宣佈：「八點前，將服務生換洗衣服收齊離開大樓。採買服務生日用品，要公差十位，八點三十分開車出發。押服務生去看病的交通車，九點出發，值星官要注意（一個押一個服務生），人員派精敏的充員兵。最近上級要來視查，門口衛兵要認真執行任務，不要讓攤販靠近大門口。另外一件最重要的事，花圃包商會送來三百棵樹苗，依前日開會決定方案，將樹苗種在指定點，和花圃人員配合，迅速將樹苗種好。每日澆水，一棵都不能死掉。報告完畢，開動。」大家吃早餐，早餐有豆漿、饅頭、包子。

剛來報到，尚未進入狀況，但可以看出每日運作課程不變。沒有出操、基本訓練、行軍、打靶，有的是到二、三樓收集垃圾（撿衛生紙），清洗樓上樓下公廁。衛兵換班、洗衣晒衣、打飯、送飯、收飯盒、洗飯盒，還有當胸前掛著書包的補票員，在樓上跑來跑去——我未來就是做這些工作。

八點正，大門打開，我們衛兵和憲兵共十幾位堵在大門口，讓穿軍服的軍人先進入，穿便服的要核對補給證，才放他們進來。平常時，大門口數十位，假日一早就數百位阿兵哥等著要進來，我們要維持秩序，故早上有一段時間，會增派衛兵。平時大門口只有一位憲兵和一位衛兵站崗，上級要求衛兵檢查要嚴格，常查到已退伍，或一般百姓要混進來消費（嫖妓）。因為我們軍官十八元，士官兵十三元，比外面私娼館六十至一百元，便宜的太多了。

第三天，班長將識別證和衛本表（本月份）交給我。

「葉下士，你要準備一套新的制服，送去洗衣部，洗乾淨、漿燙，站衛兵專用。識別證隨時掛在胸前，這裡出入人員太多，憲兵對你不熟，會找麻煩。你的勤務守則三十二條，大門衛兵守則十二條，側門衛兵守則十條背熟了沒有？」

「背熟了。」

「好，我考你，勤務守則第一條？」

「服從長官派遣之命令，並完成任務。」

「第五條？」

「協助服務生逃亡，送軍法審判。」

「第九條？」

「脅迫服務生，免費性服務，送軍法審判。」

「第十一條？」

「提供毒品給服務生食用，軍法審判。」

「第廿七條？」

「代服務生保管金錢、貴重物品（金子、相機……），軍法審判。」

「第卅二條？」

「服務生受到消費者欺負、虐待、求援時，要勇敢地出面保護，並向上級報告。」

班長說：「很好，再考你大門衛兵守則十二條。第一條？」

「服裝、儀容要整齊清潔。」

「第五條？」

「檢查出入人員包裹、行李要仔細，嚴禁携入刀槍、繩子。」

「第九條？」

「配合憲兵勤務，穿便衣消費者，一律要核對補給證。」

「第十二條？」

「長官視查要禮貌，詢問任何問題，要老實回答，不可欺瞞。」

好。側門兵守則第一條？」

「檢查補給證和購票券，缺一不可放行。」

「第五條？」

「執勤衛兵，不管白天、晚上，不可抽煙、吃任何東西（尤其檳榔）。」

「第八條？」

「夜間衛兵在樓上，不可偷跑去睡覺，或和服務生聊天。」

「第十條？」

「不可在夜間衛兵時，和服務生喝酒、玩牌。」

「88號ＯＫ，今天起正常操課，參加活動，隨時待命，不要亂跑。團長有交待，要好好訓練你。在連上服務滿三個月，可申請七天休假。身體不舒服，生病要提前告知長官，以便取消你的勤務，找別人代你。」

我看衛兵排班表，每三天有一班（兩小時），明天就是大門衛兵，下午2點到四點，我自己要記住。但快去和洗衣部商量，來一次快洗快燙。任何代價都可以商量。

有了識別證，現在又沒任務，找了三位同袍，帶我上樓去觀光，我的心情猶如劉姥姥逛大觀園。看著服務生忙進忙出，同袍對熟識的服務生說：「新報到的菜鳥。」服務生也和我打招呼。

「哪裡人？」

「台北。」

「你長的很『煙投』（台語：英俊）喔！我是93號，買票來給我捧場。」

我臉馬上變紅，迅速往前走。我走最前面太慌張，而撞了一位捧水的服務生，半臉盆水倒地上。「幹什麼？看到鬼。」好大聲對我罵，同袍有人出面：「１２１別那麼『恰北北』（台語：兇巴巴），這位新來的菜鳥88號。」

她乾脆將另外半盆水倒掉，臉貼在我胸前看識別證。嘴唸著：「088，葉祥曦，嗳唷！還是下士士官呢。有空多上來聊天，彼此多一層認識。對了！今晚你幾點衛兵，到我房間121聊天，大姊會泡咖啡或紅茶請你，我有牛肉干。」

我們繼續前進，逢人就介紹我。333的服務生最難纏，她抱住我，要吻我，我拚命的掙扎，兩隻手又摸臉、胸部和下體，同袍在旁邊笑，沒人幫我。好不容易才掙扎開跑掉。333問我：「088，你打過砲沒有？」我答：「沒經驗。」

「去買票，大姊教你，保證你『爽歪歪』。時間別人十五分鐘，你六十分鐘。」我不理她繼續往前走，她在後面叫：「童子雞，別忘了我333老大姊。」說真的有點老，年齡是我的兩倍，當我媽都可以。

走完二樓共十一條行道、五百間房間，每二十五間房的對面一定是浴室和廁所，方便服務生不用走太遠可以取到水。每個路口轉角，有兩個茶桶，供應冷熱開水，旁放一個桌子，有茶杯十個，桌上也放一台手搖式電話機。每間房間大門橫樑有盞燈，四處都是鐵欄杆，你想自殺，跳樓在此行不通，手都無法伸出欄杆外，人體如何跳出。上了三樓也是如此，四處鐵欄杆封閉，出入或逃生，只有左右二條樓梯，如果火災發生，災情一定慘重，故牆的四周，鐵欄杆上，都掛有「禁止抽煙，小心火燭」的牌子。但是我見到嫖客和服務生在走廊聊天，每人手上都夾一支煙。

我要求同袍帶我去廁所參觀，在三樓取角落一間（男廁在右，女廁在左），五間大號用，門都沒鎖扣，其餘全是小便斗。到女廁參觀，一進入右一排十五間大號用，門也是沒有鎖扣。中間一個長方形大水池。我伸手去摸池水，很燙，水池左邊是一排洗手檯，有水龍頭供應冷水。廁所內很乾淨。

我們下樓，另轉到軍官部樓梯上樓，二樓有一百間房間，三樓一百間房間，但是沒有全部住滿，同袍告訴我，服務生一百五十人左右，我們也是一一打招呼介紹，有人熱情、有人冷漠、更有人不理不睬。軍官部和士官兵部，有房間掛「休息」，同袍告訴我，服務生ＭＣ來，或下體染病治療中，現在掛「免戰牌」休假。等一段時間就會取掉休息牌，又開始接客服務。同袍告訴我，服務生從十八歲到五十五歲，各省籍都有，也有山地姑娘。下樓時同袍問我：「你真的還是處男？」我回答：「我指天發誓是處男。」

女人性器官，我長到二十歲了從沒看過。有人建議，在服務生中，挑一個自己滿意的開苞。記得向服務生拿紅包。

傻菜鳥

在部隊裡，老兵欺負新兵很正常。我坐在中山室待命，看一本叫做《荒漠甘泉》的書，一位同袍問我會不會修水龍頭，我答：「會。」他交給我一個工具箱，和一個新的水龍頭。「你上二樓，325室對面的女廁，將一個漏水的水龍頭換掉。另外400室對面的女廁水溝不通，去把它疏通。」

來到325號對面女廁，裡面有服務生在講話聊天。我推門說：「來修水龍頭。」先關總開關的水源頭，開始拆下壞的水龍頭。七、八位女服務生站在我後面看。

「喂！衛兵，快點，我們在等冷水。新來的菜鳥，長的很英俊。」有人拉我胸前衣服的名牌「葉祥曦」唸著。

「菜鳥！你哪裡人？台北人。我也是台北人，住南港。你哪裡？」

「我三峽。」

「喂，我們同鄉的。」

一修好，我拔腿就跑，和女性接觸，我會心跳加快臉變紅，不知所措，感到尷尬。來到400室前的女廁，推開門看到浴室有服務生在洗澡，我又退回來。站在門口不知如何是好，服務生來倒水、取水，都望著我看。一位年紀近五十歲的服務生問我：「你來清水溝的嗎？」我答：「是。」

「那還不快進去，水淹到腳了。」

我涉水到出水口，開始用起子挖。一把頭髮、衛生紙、衛生棉、煙蒂，順利清除，出水口開始起漩渦，我知道通了。有人說：「水開始退了。」我回頭。

「我的媽呀！」我後面二位服務生在洗陰部。我迅速拿起工具箱，跑出廁所，我聽到有服務生在罵：「看到鬼，跑什麼？」

我出到廁所門口，那位交給我任務的同袍，正在399室門前走廊和服務生哈啦、抽煙。見到我問，兩間都修好了嗎？我答：「都OK了。」他取回工具箱，和換下的壞水龍頭，叫我回去中山室。他老兄繼續和兩位服務生聊天抽煙。

下午一點，我換上漿燙的衣服，皮帶扣用桐油擦拭得發亮，鞋帶扣緊，名牌也擦得發亮。坐在中山室看書，等時間到上衛兵。

一點三十分，我到大門口，問同袍要不要提早下衛兵，他說：「你兩點來，不用提早。」我一點五十分又去，他才將卡賓槍交給我就走了。我站得筆挺，憲兵笑著問我：「新來的喔！別緊張，照守則執行任務就可。有軍官進來，敬一個舉槍禮，穿便服的要進來，檢查補給證就OK啦！站累了，大門口走走看看，活動活動。上級來視查，我們早有情報，值星官會通知我們注意。」

這種低溫的天氣，來嫖妓的阿兵哥很少。久久才有一、二位進入。我看著五甲路，汽車、機車、行人來往。對面甘蔗園十多個攤位，沒有人去買，冷清清的。有人燒木材取暖，大家都聚在一起聊天喝酒，等客人到來。

下了衛兵，我拉著087同袍陪我到樓上逛。來第四天了，樓上也來出過數次公差，服務生也注意到我。一上樓，就有人叫：「落腳（台語：高個子）、煙投耶，088、葉士官來和我打招呼交朋友。」看到漂亮的妹妹，也停下來胡亂扯。她們都懷有心機，要利用我們替她們買東西。喂，088下樓代我買五份臭豆腐。087代我買二份花生豆花。我們只好接下任務，到大門口去買。買回來交給她們，只說了句謝謝，就往房間裡躲。使我們有被利用的感覺。087對我說：「以後沒交情的絕不代買東西。」我也說：「我有被當傻瓜的感覺。」

晚上八點，廣播器放著貝多芬第五交響曲，大門也關起來，今日的辛苦結束了，我又啃完一個饅頭。值星官帶隊上樓，對服務生清點核對人數，並且打掃房間。每五人一組，服務生站在自己間門口走廊，我們進去掃地、倒垃圾、擦桌子、整理床單，順便檢查衣櫃、抽屜、床下，有沒有違禁品（金錢、黃金、刀械、不明藥品……等物品），男女廁所的清查打掃。大約四十分鐘結束，服務生也進了自己房間，我們全部下樓，留下衛兵值勤，兩個樓梯鐵門也關起來。

廣播器音樂停了，接著哨音響起，警衛連全連集合。我們唱晚點名軍歌，連長訓話完解散。大家回寢室，有人去洗澡，我看錶，已經九點半。０８７、０８９約我上三樓找服務生聊天，我說：「你們去，我不想去。」「走啦！去吃泡麵和點心。」硬拉我上樓，我知道這是違紀。來到樓梯，值班衛兵開鎖讓我們上去。

來到三樓９１８、９１９房間，敲門打暗號，兩間門就開了，０８７告訴９１８服務生，我帶一位新來的同袍。９１８當著我的面前抱著０８７打Kiss。我真尷尬想走出房間，正好同袍０８９開門進來，問我泡麵泡好了過去９１９房間吃。９１９小姐已經開始吃泡麵，桌上只剩一碗，０８９要留給我吃，他和９１９兩人共吃一碗。我們小聲說話，怕吵到隔壁，泡麵吃完了，０８９告訴我，他們要留下來過夜，要我自己回寢室。

早上點名，連長訓話：「本連衛兵，曾經到樓上浴室洗澡的出列，沒有一人出列，好，從今日起，禁止任何人到樓上洗澡，被服務生看到，報到連上來的士官兵，一律關禁閉室。」當天晚上十一點，我睡的正熟，０８７、０８９把我搖醒。

「上樓洗澡去，趁著熱水還熱。」

「白天洗過了，你們真不怕死。」我說。

「怕什麼？有服務生會替我們把風。」他們拿了毛巾和香皂就上樓去了。

配對遊戲

聖誕節那天是假日，連長下令：「全連不准休假，在連上待命。」結果那天陰雨綿綿，氣溫攝氏10度左右。整天只有小貓兩、三隻進來消費（打砲）。寢室、中山室都在玩牌和看書下棋。晚上丁團長還打電話給值星官，問當天有沒有一萬人，值星官向他報告，只賣出兩百七十九張票。

我在洗衣場幫忙，有同袍跑來報告，陸總部的交通車送來五十五位新服務生，現在正在辦移交手續，給她們照相、分配房間。有一部分人跑去看。我問同袍：「有什麼好看？明天上樓打掃，不就要見面了。」

「088，你這隻菜鳥，先去看的，如果合自己的胃口（指漂亮），可以在連上宣佈，某某服務生他要追，別人別搶。」有這種怪風俗，好像全連的充員兵都和樓上的服務生配對。

數月後，證實這件事不假。衛兵服務守則的第十條：不可和服務生談情說愛，接受饋贈、免費性服務。

次日，連上都在談三樓555室有位原住民服務生，已有人給她綽號「黑美人」、「黑珍珠」，是多人宣佈要追的對象。有同袍對我說：「088，你最適合，你出馬，一定是你的。」我回答：「沒興趣。」

「那你還要保持處男，不想找一位服務生破功？」

真好賺

今天星期一，是服務生的健康檢查。七點三十分衛生連來了六十多位的衛生兵，其中有三位是醫官。我們陪這些人到樓上，每個房間敲門，派一位衛生兵進去檢查。服務生脫掉內褲，用一支前端有棉花的竹籤（服務生躺著，雙腳張開），有棉花那端，伸入陰部向內壁挖一挖，採集分泌物，放進玻璃管封口，玻璃外用筆寫上採集者房間號碼。衛生兵用小手電筒，查開外陰及陰毛，然後在一本簿子寫報告。每位服務生花費二分鐘左右，很快的二、三樓全部檢查完畢。一些嫖客已在門口等待進場。三天後，值星官會宣佈哪些服務生中標。休息、擦藥、上醫院打針治療。

服務生的飯盒共三層，最下層是熱湯，中層米飯，最上層是四種菜，有魚一片、肉一塊、青菜兩種，量很多。有時改炒飯，有湯也有菜，有時只湯和炒麵。有時湯和水餃。早上七點三十分前送到，中午十一點三十分前送到，晚上五點三十分前送到。供餐時間一小時三十分，不管你吃不吃，全部收走、整理、清洗。

服務生的內衣、內褲、胸罩自己洗，掛在房間陰乾，外衣、褲子、夾克，我們洗衣人員會去收。每個服務生有一個專用布袋，布袋外就寫房間號碼，洗好、晒乾，裝入袋子送回來還給服務生。如果衣服、褲子缺鈕扣、壞拉鍊，破了。我們有專人來收去修補，完全免費服務。服務生的伙食費，每人扣四點五元，每月扣一百三十五元。從服務生薪水扣，服務生接一位士官長，可抽八元、軍官抽十元。一位服務生平均一天接十名嫖客，每月三百張票，一個月有兩千四百元薪水，扣除伙食費，剩兩千兩百二十五元，所用的衛生紙和保險套免費。

這種工作比當老師的薪水高，故有人拼命站在門口拉客。服務態度好，客源固定，可以用「門庭若市」、「車水馬龍」來形容，門口在等的砲哥都排長隊。但有一部分「自甘墮落」，想辦法弄錢買酒（錢的來源自已補自已的票，不向公家補票，直接和嫖客商量，多給現金，就多給時間）。或是同時和數位嫖客玩感情，要他們下次來嫖送煙和酒，就有特別服務和加長時間，故常有發酒瘋的服務生。處理她們的方法，就是送去禁閉室餵蚊子等酒醒（我曾到禁閉室打掃，發酒瘋的已放回，床上尿、大便，和嘔吐物，讓我花一小時才清理乾淨）。

同學他爸

快接近元旦，天氣氣溫更是往下降，服務生向長官抗議，要多加一條棉被，三軍團卻送來三卡車的軍毯，每人多加一條毯子。我晚上值十點到十二點衛兵，看到服務生抱棉被和毯子到別的服務生房間。我問她們原因，天冷兩人抱著睡，蓋二條棉被鋪二條毯子，才能抗寒。我很同情她們。有辦法的服務生，會叫她的恩客買電熱器送她，可是沒插座。他會請懂水電修理的阿兵哥，請他們買材料，偷接電源，裝上一個插座，這插座都是在衣櫥後面。晚上把衣櫥搬開電熱器插上電，安逸的度一個寒冷的冬天。我們衛兵也不會去向上級報告。

十二月二十七日星期一，天氣晴而且溫暖（攝氏15度左右），我站八點到十一點大門口衛兵。九點十分，送走了衛生連的交通車。今天來打砲的阿兵哥，比前二天稍為增加，大門出入熱鬧些。九點三十五分，門前一班往鳳山的公共汽車下來五個人，穿便衣，往大門口走進來。我阻擋住，要他們出示補給證。

第一位，我翻開一看「成XX少校」，服務單位「陸軍警備總司令部」，第二位也是少校楊XX，單位相同「警總」，第三位中校，單位相同，第四位中校也是警總。第五位上校謝XX，一樣陸軍總司令部。這位上校我很面熟，對了！是我小學同學謝天山的爸爸，我小學五、六年級常去謝天山家吃飯。水餃、蔥油餅、包子、饅頭，還有最難忘的炸臭豆腐。

我住台北南機場，我家附近有一個大眷村。我讀螢橋國小時，和眷村小孩同班。

「上校，你是不是謝天山的爸爸？」

「你怎麼認識謝天山？」

「我是他小學五、六年級同學。我常去你家玩，在你家吃飯。」

他看一看我說：「你是賣菜歐巴桑的兒子，我想起來了。你來這裡服役多久？」

「我剛報到十天。請問謝爸爸，謝天山在讀哪間大學？」

「他在陸軍官校三年級，假日你可以去找他玩。你們小時玩伴，該多連絡，等一下我們出來，再和你聊天，你寫一張現在連絡地址和姓名，我回去交給我兒子，叫他寫信給你。」

五個人往售票處走去。我向憲兵說：「陸總部來視查，我去報告上級。」我跑回連上向值星官報告。

九點五十分左右，丁上校團長和陳中校副團長，一同乘吉普車衝進來，到中山室找連長。十點我下衛兵，換好衣服，到連集合場參加政治課（聽說一整年政治課了）。

十點二十分，團長和副團長及五位陸總人員來看我們上課。謝上校對丁團長說：「你單位有一個士官，他和我同住一條街，他母親在賣菜，這小孩很乖，和我長子同班同學，我看著他長大。剛才在大門口站衛兵，我認出來了。」

團長去找值星官：「早上八點到十點衛兵是哪位？」

「報告團長，葉祥曦下士，而且是他發現陸軍總司令部來視查，向我報告。」

「把他叫到會客室，警總視查官，謝上校是他鄰居，他們相識，要聊聊天。」

我被帶到會客室，坐在謝上校旁。他很親熱握著我的手，他對丁團長說：「這孩子家貧，母親種菜和賣菜，國小一年級就挑菜來眷村賣。很懂事，常和我小孩玩在一起。」丁團長說：「他是通信學校第一名畢業，體格標準，長得俊俏，本來在通信連，我請陸總部下公文調來我這單位，初期表現良好，我沒看錯人，他也沒讓我失望。」

後來從談話中，我才明白，丁團長和陳副團長，兩位也是陸總部調下來二軍團，負責本茶室的業務。從七位長官聊天中得知，他們都是陸軍官校前後期同學。

晚上同袍虧我：「葉副班長，一位丁團長又加陸總部謝上校作靠山，你現在紅人一位，全連誰敢得罪你。」虧我的這位同袍，聽說是道上兄弟，再四十多天要退伍，我不理他。

晚上晚點名，連長訓話：「本連葉祥曦，站衛兵執勤認真，能發現台北陸軍總司令部派長官五位來視查，馬上向我報告，這次視查，長官很滿意。丁團長也褒獎葉下士，下令記大功一次，放假七天，贈火車票一張。」我心裡暗爽，過完元旦，我要申請休假。

消費者注意

我在中山室看書，上尉、輔導官叫我：「088和我去貼相片，你個子高，不用樓梯，帶一個椅子跟我來。」我們在售票口左側的櫥窗，他打開玻璃窗的鎖，將一疊相片交給我，要我將相片貼在空的位置。這是服務生大頭照的展覽櫥窗。來打砲的阿兵哥，看相片選房間號碼，到售票口買票，有些服務生服務期滿離開，相片撕下來成空格。兩天前又來五十五位新人，今天開始接客，她們的相片要貼上櫥窗，就補這些離去的空格。我貼一張就告訴他貼的房間號碼，輔導官就登記在名冊。二十分鐘完成任務，輔導官走了，我仍站在櫥窗前瀏覽。

來衛兵連服役兩週了，我未曾看這些相片，也沒注意有消費者注意事項，就在櫥窗相片前段——

第一條：為了防止性病泛濫，和服務生性交前，請戴上保險套。

第二條：喝酒、有任何疾病者，請勿購票。

第三條：每張票服務時間十五分鐘，逾時請向補票員補票，不可私下談價、付錢給服務生。

第四條：對服務生要溫柔體貼，不可有粗暴行為。

第五條：不可在陰莖上裝任何物品，否則拒絕服務。

第六條：不可用手或器具去挖服務生陰部。

第七條：要吻、吸服務生嘴、乳房、陰部要經服務生同意。

第八條：不可要求服務生擺高難度姿勢做愛。

第九條：不可在房間抽煙、喝酒、大聲喧嘩。

第十條：不可代服務生購買香煙、檳榔、毒品、刀械、繩子。

第十一條：不可協助服務生逃亡。

第十二條：對服務生之服務不滿意，不可毆打服務生，直接向管理室報告，管理室會給你滿意的處理。

第十三條：不可和服務生在房間內賭博。

第十四條：不可和服務生發生感情。服務生和服務生糾紛，不可介入，成為打手。

第十五條：消費者辦完事，請離開本大樓，不可逗留和服務生聊天。

以上十五條守則違反者，送軍法處處理。

參

一月三日到九日，我返回台北休假。二哥經營一家小型木箱加工廠，正趕著一批貨要交。我回來正幫上忙，在學校交的初戀女友佳惠，知道我在家，也到工廠陪我。七天假都在釘木箱子，和女友談情說愛，是一面工作一面談。（後來兵變，女友佳惠在我服役一半中嫁人了。）

回到連上向值星官報到銷假。他告訴我，輔導官召見我。我到輔導官辦公室報到，他問我願不願意作他的助手，他現在的助手快退伍了。當了輔導員是在連上辦公，白天免衛兵和公差。

我答應了。他交給我三本書，分別是《如何了解女性的心裡話》、《心靈的安慰》、《如何交朋友》，要我回去好好看。我回去問同袍，輔導員做些什麼事，他們告訴我：「要代服務生寫信，檢查信和包裹，服務生鬧情緒不接客，我必須去心理輔導、溝通了解。服務生打架去做『大法官』，評理溝通講和。」我告訴同袍，我接陳逢源的位置。同袍虧我，升官了，有靠山的紅人，並恭喜我，要我請客。

一月七日我正式到輔導室上班。辦公室裡除了康輔導官，另一位是充員預官林少尉。我們各有一張桌子並排而坐，沒事各看自己的書。除了上廁所，我就看那三本書，其實早看過一遍，現在手上拿著書，心裡想著外面，後悔接這工作，被關在辦公室沒事做很悶。

電話來了，管制室來電，011服務生不接客，要我們去溝通處理。輔導官將這件工作交給我，我帶了一本筆記本和原子筆到二樓敲011的房間門：「011請開門，我是輔導員，讓我進來和妳聊聊天。」連叫數次皆沒反應，我有些生氣：「011，我葉祥曦輔導員，要進來和妳聊天作伴，有什麼不如意的事，妳都告訴我，有困難我們共同來解決。」我心裡想：會不會在房間自殺了，叫衛兵拿鑰匙來開門，三分鐘後門開了。

「088童子雞，你哪時變成輔導員了。」011一把將我拉進房間，門關起來。平日見到女孩，我會心跳加快，臉變紅、說話口吃，但今日都不會。我要011小姐坐在床頭，我坐床尾。

「011妳哭什麼？有什麼心事，我們談談。」

011說：「好久沒收到家裡來信，想念老公和女兒。」說完從皮包拿出一疊相片給我看，有張全家福，011站在老公旁，抱著一個小女孩。有小女孩站著獨照，有011老公牽著小女孩合照。

我告訴011：「妳女兒好漂亮，長得也像妳……」談十幾分鐘她家庭狀況，011告訴我，簽了約來此接客後，就不能和家人面會，並且信中不能談到在茶室工作，家人來信一直問人在哪裡要面會，以前在監獄，一個月至少面會一次，她們當然極想家人。

經過半小時聊天安撫，她答應接客的工作。

我離開前，她擋在門口問我：「088你真的還是處男？」我回答：「家裡窮，讀書都上夜間部，白天電子工廠當工人，哪來錢去嫖女人？」

「那你和女朋友也可以做愛呀！」

「女朋友讓我摸一下胸部都不肯，能接吻就算不錯了。」011要求我常來和她聊天。我答應她OK，她才開門讓我走。

我剛回到辦公室，和康輔導官談011處理過程，並且告訴他，服務生極想和家人見面。他說：「我會反應上級，是否可安排會客。」

打成一片

辦公室電話又響了。這次是012服務生要求心理輔導，指名我作她的輔導員。我和康上尉都感到奇怪，我第一天上班，就有服務生知道我作輔導員，我想是011告訴她。康輔導官對我講，他選對人了。我長得英俊，服務生喜歡我上去聊天，排除寂寞。他要我褲帶扣緊，別被服務生強姦了（他暗示我不可亂來）。

我一上二樓，012就站在門口和011在聊天。我問012有什麼事要我幫忙，012要我進房間再說，我說，門口談也可以，而且011也在，我們可以談得更愉快（我有戒心，這012一定對我有企圖）。011說：「進來啦！我們兩人不會把你吃掉」，就拉我進012房間。

三人進了房間，你看我，我看你，大家都站著，她們二人堵在門口，012先開口：「童子雞（我的綽號），你同事告訴我們，你是處男，陰莖包皮，整支粗又大又紅紅的，拉出來給我們看看。」我的臉開始轉紅，心跳加速，自己對自己說：「麻煩來了，要如何過這一關。」

我對011和012說：「妳們不是要心理輔導，是心理變態、強人所難，妳們皆大我十幾歲，做我姊姊有餘，每天看的陰莖那麼多，我和他們都一樣，只是陰莖包皮，沒有什麼好看，放過我吧！」011說：「好啦！放他回去。」012服務生不肯。她問我有沒有手淫過，我答：「很少手淫，讀書和工作太忙。」012要求我讓她摸一下，我不肯。

012又問我：「你有沒有看過女人的『雞巴』？」

我答：「從來沒見過，也沒有機會。」012走到我面前，將裙子拉起來，她沒穿三角褲，下體濃濃的陰毛呈現在我眼前，我看得低下頭，轉過臉，自己褲襠的傢伙翹起來，我用右手掩住。012乘我不注意，往我老二很用力的抓，我痛的叫出聲，011從後面抱住我，伸手到我下體摸，我蹲下去，一直喊痛。

我罵012：「你把我陰莖弄受傷了，我們去浴室看看，可能抓傷外皮。」她們開門讓我出去，一出大門，我就狂奔下樓。

回到辦公室，我向二位輔導官報告受辱過程，他們卻一直笑，康上尉告訴我：「你的問題，你要用機智去處理，只要不和她們做愛，如果要看一下，也無所謂啦！遇到真正需要心理輔導的，就需用心完成任務，去年一位服務生，在浴室用繩子上吊自殺。如果你葉下士能防止服務生自殺，只要完成一件，你就功德無量，你必須和服務生打成一片。上一任陳逢源認了無數乾媽、乾姊姊，我不信你接下去做不到，陳逢源每天在二、三樓玩，我們也不管，他手段高，能說服服務生，每天有吃不完的零食、點心。你自己從那三本書去學習，別向我們訴苦，有重大事件，我們二位會出面處理，每天上去鬼混，值星官那裡我會去說明。每天晚上，寫一份報告給我，寫明天和那些人接觸一天的心得，那些服務生最需要什麼。」

下午一點，康上尉就叫我上樓去，沒事別下來。拿著筆記本和原子筆先到二樓，逢人就問好，一條行道走完，又繞另一條，如此走完十一條走廊，只要站在外面的服務生，我都先開口問安。有人要我聊天，我就停下來，有時一聊就是一群人，有嫖客找小姐，我叫她去上班，十五分鐘再回來，本人保證不離開。

和服務生什麼都聊。

「住哪裡？」

「台北三峽。」

「我永和。」

「我竹林路。」

「我南勢角。」

「我土城。」

「我住南港。」

「我住基隆。」

全部台北同鄉會，我把她們房間號碼及住址抄在筆記本，別縣市我也抄，台南、苗栗、桃園，把和我聊天的服務生做資料，以後做聊天的材料。

這些服務生，最愛問我的一句話：「你真的還是處男嗎？」

「我發誓，我還是原裝貨——童子雞。」下一句話一定是：「少蓋！我看早就破銅爛鐵，裝童子雞。」我假裝生氣了。

「我脫褲子給妳們檢查。」

「好，到浴室來。」

等大家進浴室，我撥開人群跑下樓，後面咒罵聲不斷，我在樓下笑嘻嘻。樓下衛兵問我笑什麼，我說：「她們一群人要脫我褲子，檢查是不是處男。」

幾分鐘後，我又上二樓，不到剛才315室前，見剛聊過天那一群。轉到401室往450室這條巷道，逢人就打招呼。轉最後一條巷子451室到500室。有人拿煙給我，我說謝謝，不會抽煙。給我糖果或巧克力，我就吃。和新的一批服務生話家常，也是談故鄉、談家人、她們最需要什麼、要我幫忙什麼……彼此認識。偶爾補票員也來參一腳。

有位服務生，拿出三十元，要我去大門口買十杯豆花。我拿了錢衝下樓，十分鐘就提著豆花上來，我也分到一杯。我們一面吃豆花，一面聊小時候玩的遊戲，踢鐵罐、捉迷藏，到水溝捉三斑魚和泥鰍，捕蟬。談得很愉快，有人說：「時間過得真快，兒子和女兒都上初中了。」服務生很喜歡和我聊天，我在二樓某處，三樓的服務生會來催，該輪到她們，要我上三樓。我二、三樓每一固定點停三十分鐘，有人來打砲，我也會叮嚀服務生去工作，不要聊天耽誤工作，故沒有客人去投訴。

有一天，我在325室對面廁所上小號，心裡想著事情，不知後面有人偷看。「088你的『藍鳥』真的包皮耶！」嚇我一跳，我尿到一半自動停止。我忙將老二收進褲襠。罵323服務生缺德，罵歸罵，323服務生跑到廁所門口喊：「我看到童子雞的『藍鳥』了。」說得好像是件了不起的大事，一群服務生全跑出來，323服務生一面說明一面比我的陰莖有多長、多漂亮。我看狀況不對，溜到樓下休息，和憲兵聊天。

半小時後，我上三樓，很多服務生圍著我，問我是否失身給323。我否認。她們說要驗身，我推開人群，溜到二樓427室服務生房間，這位四十多歲的老大姊，對我很尊重，我常在她房間睡午覺，她喜歡看瓊瑤的愛情小說，我幫她去鳳山小說出租店租書。她生意不好（長得醜，年紀大），只有老芋仔來捧場。她常提醒我一句話：「潔身自愛，留著童貞和未來的伴侶交換。」

自從323服務生宣佈，她是唯一看到我陰莖的人，好像我已失身於她，非她不娶，是她的人。見到我叫親愛的老公，再來就是要抱我親我，讓我落荒而逃，引起大眾笑鬧。

每次上樓，總有服務生摸我臉和胸部，有的更狠，摸我下體。不管我如何裝生氣，她們把這件事當遊戲。

有一次，我剛進入男廁要小便，七、八位服務生尾隨我後面進來，要看我小便，我不肯，雙方在廁所裡。我要往外走，撥開阻擋我前面的人，有人從後面抱住我，有二人各抱住我各一隻腳，起初我輕微抵抗，沒用力踢、打。不久我被拖倒在地。一個雄壯的服務生騎在我胸前，兩位壓住我雙手，另二位壓住我雙腿，有人開始脫我皮帶，不管我如何求饒，硬扒開我上衣和外褲，不久內褲也被脫到膝下。我拼命喊：「衛兵救命呀！」

她們開始搓我的『藍鳥』，那麼狠狠往下硬搓，我痛得快哭出來，拼命喊痛求饒。一位已脫光裙子、內褲的服務生，撥開在為我打手槍的服務生，跨在我肚子，要強姦我，我拼命的抵抗，不讓她得逞。這時我連上補票員兩位，樓下上來六位同袍，他們大聲喊：「幹什麼？要強姦呀？」將她們一個一個拉起來。讓我站起來，我全身很狼狽，龜頭開始汨汨的滲出血來。我生氣的罵：「這下妳們滿意了吧？把我陰莖弄傷了。」有人遞衛生紙給我，我將龜頭包住衛生紙，一下子，衛生紙都是血。我說：「我『藍鳥』好痛。」穿好衣服和褲子，同袍陪我去醫務室。

醫官問我怎麼弄傷陰莖，有人代答：「二樓服務生強姦０８８。」我馬上接口，她們沒有得逞。醫官檢查一番告訴我：「沒關係啦！只是搓破皮，每天來擦藥，七天就ＯＫ啦！」

第二天早上，我留在辦公室看英文書，管制室來電話，二樓服務生指名088上樓，有事相商。我告訴康輔導官，我請假一天。康輔導官說：「昨天下午讓你休息半天了，今天不准，上樓去和她們哈啦交朋友。」只好上樓，323和一群人已在樓梯口迎接我，每個人都一直說：「對不起，以後不會再開玩笑了。」我告訴她們，我小便好疼，有如刀割。

落跑女郎

晚上兩點到四點，我三樓樓梯口當衛兵。我坐在椅子上看書，另三位同袍，離開自己崗位，到我這裡來，四個人聊天。其中一位老兵（快退伍），他說，服務生有人脫逃成功，也有人失敗，他先說成功的那件事。這位服務生，先將自己頭髮理成三分頭，她的嫖客男友約了同袍五位，帶來一套軍服、鞋子、帽子，讓服務生換穿。這位服務生和六位充員阿兵哥，勾肩搭背，大大方方從正門走出去。晚上點名，才發現少了一位服務生。

再說失敗的那位服務生，她結交了一位會開鎖的嫖客男友。她男友將封閉的後側門樓梯鎖打開，鎖頭仍然虛掛在鐵鍊上。這位服務生利用深夜逃下樓，開了門，走出大樓。她看到大樓四周都是狗，樓下衛兵有兩位在巡邏，她只好躲在售票旁的公廁，等到早上十點，出入的人多，她跟著人群從正門走出去。大門憲兵和衛兵將她攔下來，認出她是樓上服務生，報上級處理。這服務生被送回原單位，這兩位衛兵和憲兵記大功和休榮譽假七天。

熟女風情

從951室到1000室是三樓最靠後面的一條走道，站在走廊，可以看到後面籃球場、養豬場、蓄水池、花圃，到盡底靠牆的廚房。跳過牆就是甘蔗園。從950室到1000室最後五十間房，住不到二十五人，而且全是阿嬤級的老服務生，最年輕的也有四十歲。年輕的阿兵哥不會來光顧，來的都是老芋仔。但是她們服務好，一節十五分鐘，再送兩個十五分鐘，故生意也尚可。

這二十五位左右的服務生，雖然徐娘半老，但風韻猶存，皮膚保養得很好，猶如貴夫人般。一些老芋仔們往這裡鑽，而且郎有情妹有義，幾乎天天來看他的女友，送雞湯，整隻烤雞、烤鴨。來會情人的老芋仔，一買票五張或十張。兩人在房間一整天。我比較不喜歡待在二樓，整天躲在三樓951～1000室的房間，和她們聊天玩紙牌、吃瓜子、泡茶。她們不會對我動手動腳。我在任何一間屋內看書，她們也不會吵我，有好吃的，一定留一份給我。直到午餐或晚餐才下樓。

黑珍珠

同袍口中的黑珍珠，她房間號碼555。生意很好，在她門口排隊的阿兵哥很多，我找機會要和她聊聊，彼此認識，都沒時間和機會。直到我上八點到十點的夜間衛兵，我看到她在窗口抽煙，我先自我介紹是心理輔導員，問她有沒有需要幫忙。她來此服務也快一個月，問她可以適應嗎？她總是笑笑，她不愛說話，我問一句答一句。

結果，答案如下：屏東山地門人，學歷國小，二十四歲，未婚，家有兄弟姐妹九人，幹私娼已近十年，因累犯被判四年，乾脆到此做服務生，賺的錢不比外面私娼少。我心裡想：黑珍珠只是虛有其表，一個女人在外做了十年私娼，陰戶也早已幹爛了，陰道也一定很鬆，為什麼那麼多阿兵哥買她的票？

剪燙打理

每位服務生，頭髮、指甲會長長，必須請美容院的美容師來服務。每月的十日和二十五日（例假日取消），補給官會和鳳山幾家美容院談妥價錢，約好日期。早上八點半，這些美容師父帶剪燙髮工具到來，事前我們在二樓選好一個場所，排好桌子、椅子，供這些美容師使用。先用廣播器廣播：「本日有美容院剪燙髮師父蒞臨服務，需要剪燙髮的服務生，可向衛兵登記，先登記先服務。衛兵們逐一敲門詢問，需要的就登記房間號碼。

到來的美容師十二位到十五位，衛兵依登記的服務生逐一通知，如果正好有客人，就跳過這位。補給官拿一張表格，填日期、服務生房間號碼，請問她的姓名，填在表格。服務項目：剪髮三十元、燙髮八十元、修手指甲十五元、腳指甲十五元，任服務生選擇，例如剪髮和修手和腳指甲，補給官就在表格上填這三種，在費用總和填寫六十元，把表格給服務生簽名，服務生拿此表格給美容師，美容師以此單據向補給官申請費用。另有一位補給官助手，他拿一本記事本，重複登記一次作記錄。剪髮大約二十分鐘，沒有洗頭髮的服務。燙髮要一小時四十分鐘，修手和腳指甲大約二十分鐘，一天大約可以服務一百五十人到兩百人。不是每個月都有美容師來剪燙髮服務。服務生寫申請單要剪髮、燙髮，補給官才會約美容師來剪燙。

小販

服務生最歡迎小販來排攤位賣東西（賣衣服、內衣褲、胸罩、拖鞋、書籍小說、服飾髮夾、糖果、餅乾、蜜餞、瓜子、口紅、面霜、粉餅），這些攤位向補給官申請，安排日期，每天只能擺一個攤位。補給官派衛兵，看攤位賣東西種類，複雜又小又多，派五到十位衛兵，如單純的夾克、裙子、褲子，固定五位衛兵，維持秩序，監視攤販有沒有賣違禁品。服務生會向攤販要香煙抽，最重要這些服務生有的是慣竊，會偷攤販的東西，我們衛兵得隨時注意。服務生購買物品，可以和攤販殺價，談妥價錢，以購買單，填日期、物品名稱、價格、房間號碼、姓名，最後簽名，交換物品，補給官助理，會重抄一份在記事簿備查。

毛未長滿

快過陰曆年了，我到此單位服役也二個多月了。我往在二、三樓單獨行走，服務生站在走廊，會阻擋我的去路，掀裙子（她沒穿三角褲），把陰部露給我看，更過份的是假裝拔陰毛。

「088童子雞，我送你一根陰毛作紀念。」我會拔腿轉頭跑掉。最多曾有四位服務生同時掀裙子嚇我，事後她們會哈哈大笑，以此為樂。時間轉變一切，新兵一批一批報到，我這088不再吸引人，服務生見了我，現在點個頭，問候一聲，頂多說：「088童子雞，你現在還是不是處男？要不要和我打砲？」我也會逗她：「妳再等一段時間，我這隻雞（手比下體）毛尚未長豐滿。」彼此哈哈大笑，不再擔心有人脫我褲子。

代筆寫信

我的工作還有代服務生寫信，只要有人提出，我就必須安排時間去她房間。這段時間，是客人玩完都走後的下午四點到晚上八點。我坐在床沿靠桌子旁，服務生坐床頭，她口白我記錄，如果合作順利，十五分鐘完成一封信。信中不能提茶室的工作及地點，最常寫的是：「我很好，在外島一家公營的製衣廠車衣服，我們做的是軍用衣服，工作很忙，請家人不要掛念。因為交通不便，這裡規定不能會客，我不久就能返家團聚了。」

但是每個服務生不一定都如我願，專心配合我將信完成。她們會慢慢靠近我，起初扶著我肩部，看我寫信，再來整個人倚在我身上，雖然繼續說要寫的事情，她胸部開始在我後背磨蹭。那柔軟的兩個球，對我是一種性刺激，我會臉紅心跳，陰莖會變長，變硬，變大。她會伸手先摸我胸部，我拒絕推開她身體。不久她又雙手趴在我後背，如此一再重複，一張信半小時到一小時也無法完成。我會藉口小便，到外面透透氣，或是說下次再寫，將東西收好就離開。

服務生彼此會有誤會（為了嫖客生意），兩人先吵，吵完就打起來。她們沒有東西當武器，彼此拉頭髮、撕衣服、咬對方、抓臉，雙方都會掛彩，往往打到變成裸體。嫖客都站著看精彩表演，只有衛兵來拉開她們。我到樓下拿急救箱上來給雙方擦藥。詢問打架原因，將其中一人換房間。

我最怕打群架，雙方都是十幾人，互相追逐，數人打一人，抓去撞牆，或是打輸的躺在地上，四、五人圍著用腳踢，最嚴重的一次，一位服務生頭部受傷，腦震盪去住院，另一位肝破裂。十間禁閉室客滿，她們得在裡面餵七天蚊子。

肆

初識汪姐

我站在三樓最後一條走道，倚著鐵窗往下眺望，籃球場、水池、停車場……養豬場有人在捉豬，豬的嚎叫傳到樓上來。今天又要殺豬，前日，我返台北休假，廚房殺了兩條大豬公，臘肉、香腸掛在晒衣場的鐵線上，連上同袍說這是過年加菜用的，很多服務生圍在牆邊看，有人會抽煙聊天。

這裡是三樓的後段，住的都是年紀稍大的服務生，來消費的都是老芋仔，年輕人不來，生意清淡。站在此點，可以看到一片「甘蔗海」，是台糖的地。我問同袍廚房後面的那條產業道路，從左去哪裡，從右去哪裡。同袍告訴我，往左直走十公里可碰到二軍團衛武營的營房圍牆，往右直三點五公里就到鳳山街上。

離我十公尺，有一位穿粉紅色毛線衣、牛仔褲，穿高跟鞋的女人，一直盯著我看。我心裡猜想該是服務生吧，但是，反想每個服務生都穿拖鞋，穿褲子的很少。這裡全是高齡服務生的住宅區，怎麼會有這麼漂亮的服務生，又那麼年輕，頭髮綁著像牛尾巴，看起來那麼高貴。

我走過去，問她住幾號房，她將嘴上的煙夾在手中，淡淡的回答我：「950。」我說：「妳是新來的吧？」她答：「你才新來的，我住在此房間已住一年半了。」我說：「我是新來的衛兵，兼輔導員。我從未見過妳。」她也說沒見過我。她遞一支煙給我，我說「謝謝，我不會抽。」她說輔導員不是陳逢源嗎？我說：「他已退伍半個月了，我接他的位置。」

她伸手拿起我胸前掛的識別證。「088葉祥曦，我知道了，你是那位『童子雞』，大家都喜歡捉弄你。」我笑一笑回答：「現在不會了。」她問我要不要去她房間喝咖啡，或喝威士忌酒。我說這二種飲料，從來沒喝過。她說：「走吧！吃牛肉干也有。」我隨她進入950室，門口掛著休假，她不營業。

她從櫃子裡拿出一大包牛肉干給我。未開封全新包裝，並且說：「吃不完帶回去。」我看到她房間，有電視、電鍋、電扇，還有插座。角落還有一台小型冰箱。我感到奇怪，她和別的服務生不一樣，她彷彿住在高級套房，房間積滿東西，別人只有一張桌子，她有二張，而且還有一張椅子。她開始泡咖啡，給我那杯加了四粒方糖。我又看到她床上棉被和毛毯是私人的，不是寫「陸軍專用」。

牆四周吊滿衣服，都是高檔貨。桌子上排列整齊的書，大約有兩百本，還有一台中型收音機兼可放唱片的電唱機。四坪大的房間要放那麼多東西，感到擁擠。她告訴我，她給其他服務生的衣服大約有五十件以上。

「我愛買衣服，穿一段時間就送人。088你是哪裡人？父母在做什麼工作？」

「我台北三峽，目前住東園街尾的南機場，和空聯一村、陸聯一村相鄰，我爸爸媽媽在眷村圍牆外種菜，並且也賣菜。」

「我也是台北人，住木柵，在政治大學後面山坡。那時是民國三十八年，我八歲，妹妹五歲，弟弟兩歲和爸爸媽媽從上海坐飛機來台灣。今年民國五十六年，來台灣十八年。我說：

「算起來妳小弟和我同年，我九月十七日生。」

「我弟弟十一月九號，目前在淡江大學歷史系二年級，妹妹在美國哈佛大學唸碩士。088你願不願意認我做乾姊姊？」

「這件事我要考慮、考慮。」

「有什麼好考慮？你說退伍要重考大學，我是政大英文系畢業，我英文一級棒，可以做你的輔導老師綽綽有餘。我叫汪傳嫻，以後叫我汪姊。」

「認妳做乾姊有些什麼手續？」我問。

「依我們大陸人的風俗，要雙膝跪地、磕頭碰地三次，每磕一次叫一聲姊姊。」我依她的方法，向她叩頭三次，叫三次姊姊，她扶我起來，從抽屜拿出一個紅包袋，放入六百元給我。我不敢收。六百元是我下士薪水的二倍。她說，這是規矩，硬放入我上衣口袋。從此以後，我們要比親姊弟更親更好。

「現在我告訴你我家人狀況，我父親是第一屆立法委員（老立委），母親是婦聯會總幹事（蔣宋美齡所組織的婦女聯合會）。家境小康。當我大學畢業那年，認識了我男友譚士強，他大我七歲。他買汽車、房子給我，告訴我他在做進口貿易商。一年後我們訂婚，他常帶我去東南亞國家玩，說正在做生意。也到美國各地方玩。他做什麼事都很神秘，出入都攜一個皮箱，皮箱都是錢，美金、英鎊，各國的錢幣。我們常到美軍的酒吧，例如高雄愛河邊，台中的水滴機場旁，台北天母，出入都和美軍阿兵哥接洽。我男友能說流利的英語，我們賣東西給美軍軍人，也向美軍軍人購買軍用品。我們曾一天賺十萬台幣。小弟你猜，我們賣什麼？」

「我猜毒品最有利潤。」

「答對了。賣海洛英給美軍，我們向美軍購買槍械、手榴彈、舊車。我男友是竹聯幫的一位堂主，他很疼我、愛我。買兩克拉鑽戒給我，讓我管理兩千萬的現金和用我名字買的兩間別墅。和他在一起才一年多，我們兩人被國際刑警逮了。送進台北看守所。法院第一審，兩人皆判死刑，上訴高等法院二審，我變無期徒刑，我男友仍然死刑。他總是袒護我，法官面前，說我不知情，販毒是他強迫我做的。上訴最高等法院，我改判十二年，他依舊死刑。不久，他被槍斃了，我送到宜蘭頭城監獄。我父親為我花費數十萬，我才從鬼門關逃出來。後來我簽了約轉到鳳山茶室來上班，刑期可減半。我從未接過客，我父親利用人事關係和丁團長、陳副團長認識，送了大禮，我才免接客，我寧死也不做妓女。本來我又要被遣送回宜蘭頭城監獄，我媽媽去找蔣宋美齡，才下公文留在此。但我每天要買十張票做業績，十張票一百三十元，我抽回八十元。一天付五十元，一個月付一千五百元外加伙食費一百三十五元。我男友將全部現金和房子都留給我，他沒有給他父母一毛錢的原因是，他父母是養父母，對他不好，他十四歲就被趕出家門，只好依在竹聯幫做小弟求生存。後來他的努力和有頭腦，而做到一幫的堂主，我很懷念他，一位講義氣的兄弟。為了他，我立誓不再嫁。」說了一小時，她哭掉一大包衛生紙。

我說：「大姊忍耐度完最後的刑期吧，有空我會來陪妳。丁團長也對我很好。我能到衛兵連服役，是他幫忙。他的電話是『湖北７４０』。大姊，午餐送來了，吃飯吧！我也下樓去吃飯，中午兩點，我們繼續聊，而且只聊快樂的事情，談小時候值得回味的事。」

初夜

下午我準時赴約，帶去高一的英文課本。她要我先讀一遍，不會的畫線。我讀完一課，大約有三成不懂，她一句一句地翻成中文，不會的，她用紅原子筆寫成中文在我畫線的下面。如此我一看一目了然。第二課也如此做。到晚上五點，共完成到第七課，她要我有空背課文，不熟的單字寫到熟為止。

晚上我排到十點到十二點在二樓站衛兵，我和三樓同袍交換。我到三樓站衛兵，二小時全在950室和汪姊聊天。下了衛兵我要回寢室，汪姊要我留下來。她倒了一杯威士忌。兩人繼續談天，都是她說我聽，直到深夜三點。我有點睏想睡覺，她要我睡內側，她換了睡衣也上床來，二人睡一張床，很擠。

她抱著我的背，兩人都側睡，可能太累了，睡得很熟。我聽到集合的哨聲，看錶，六點正，穿衣下樓，已經趕不上，乾脆不去，反正也不點名。只是唱軍歌、訓話、分配工作。我穿好衣服要去小便。她叫我在痰盂內放尿，我也覺得外面太冷。拿起痰盂，拉出小弟弟就解放，尿真多，足足放了五分鐘，她也在旁邊看我尿尿，我尿完，換她尿，我只敢偷偷的看。到七點，我才偷偷溜下去，回到辦公室。假裝在看書，一會兒，看到大家打掃完畢，走進餐廳，我也走進餐廳，坐在我的位置吃早餐。

離陰曆過年剩五天。大家忙著大掃除，我也不例外。辦公室內外，又擦又洗，不要的東西運到垃圾場，連忙三天，這三天都沒有上樓。

今天是小年夜，明天是除夕，後天正月初一。本年度營業的最後一天，明天除夕茶室休假一天。連長訓話，我們從正月初一到元宵節最忙碌，停止休假，元宵節後，才分批補假。

除夕前兩天，茶室大門開著，憲兵和衛兵守著大門，久久才有一個人進來。到中午十二點，門票才賣出六十七張。有位老士官，毛筆字寫得好，連長派他寫春聯，大門口右邊貼「一聲炮響除舊歲」，左邊貼「財源茂盛達三江」，橫聯「春滿茶室」。養豬場貼「六畜興旺」。

下午，下起毛毛細雨，氣溫降到10度，街上沒有行人，大門對面的攤販，只剩兩家賣檳榔和香煙。下午三點，值星官宣佈，大門關起來，所有衛兵上樓清點服務生，如果有客人請他下樓回家，票沒有使用，可以退票。下午四點樓梯鐵門也上鎖了。衛兵換到樓上，五點開始進餐廳，提早半小時，今天加菜，豬肉一大盤，任你吃到爽。

離開餐廳，我請同袍開樓梯的鐵門，我上樓去找950汪姊，她也盼我到來。她開冰箱給我看，滿滿的肉和菜，她告訴我，是請陳排長到鳳山街上買的，她先寫一張購買清單給陳排長，並給他五百元。我問她，那麼多菜，如何消化掉。她笑笑地說：「那你也有一份。不用下樓吃。」我三餐來陪她吃火鍋。兩人坐在床上看電視，她要我談談小時候。

「我有兩個姊姊、兩個哥哥、一個弟弟、一個妹妹。二姊在五歲染肺炎過世。我們小時候住三峽，小學讀橫溪國民小學，父母在煤礦場工作。大哥、二哥、大姊國小一畢業就進工廠。我初中考上省立萬華中學，全家才從三峽遷到南機場，承租一塊地種菜、賣菜。父親四十五歲就中風成殘。大哥婚後去台塑上班，不再和我們往來。二哥租一間鐵皮屋，做木箱加工廠。

高中我讀南山高職電子科夜間部，白天和二哥一起工作。現在我來服役，弟弟上高三，妹妹高中一年級，全家生活靠二哥賺錢來生活。我們目前住的房子是違章建築，我們拼命賺錢、積錢買一間屬於自己的房子。」

汪姊問我有沒有女朋友。我說：「有，是高中同班同學，她叫郭佳惠，大我一歲，是鄰居。」

「你們上過床沒有？」

我答：「沒有，只有拉拉手，接吻，她的身體不准我碰，目前靠通信往來。」

「你會和郭小姐結婚嗎？」

我答：「有可能，我們相愛，也去廟發過誓，非君不嫁，非卿不娶。」

時間在不覺中消失，我看鐘九點，我要下樓參加晚點名。汪姊姊問我，今夜有衛兵嗎？昨夜站過，今天休息。晚上來不來我這兒睡覺？我說太擠。兩人說一夜話，睡的時間太短，白天沒精神，不來了。她用乞求的口吻說：「來陪我啦，我好寂寞，今夜十一點前就睡，我威士忌喝它半瓶，醉了就不會吵你。」我說：「下去看情形，能上來，我就上來。」晚點結束，解散，我考慮很久，汪姊對我好，不要讓她失望，上樓陪她吧！上次，她沒對我動手動腳。

我一進房間，她就問我要不要吃宵夜，她可以煮元宵。我說：「好呀！」

她放十粒芝麻元宵，一熟就放糖，每人五粒。這種冷天，吃一碗熱湯，真舒服。吃完我要去洗碗和鍋子，她說不能出去，會有人上廁所，她的名節會受傷害。鍋子和碗，明天我會洗，上床睡覺吧。我拿起痰盂尿尿，這次她靠的很近看我尿尿。問我有沒有性經驗，我說沒有。

「難怪陰莖仍然包皮，整支紅肉色。」我尿完，換她蹲著尿。我先脫了外衣褲，躲在棉被裡，她換好睡衣，也上床在我旁邊躺下，我們臉對臉，彼此笑著。她問：「冷不冷，要不要開電熱器？」我說：「是很冷，兩人抱在一起，等一會兒就暖和了。」

她拉我的雙手，放在她的胸前，輕輕告訴我：「小弟，摸摸我的乳房。可以嗎？不要脫我胸罩。」她閉起眼睛，我輕輕地玩弄她的乳房。她抱著我的臉，輕輕地吻我，很陶醉的樣子。「小弟，你長得很漂亮，可以當電影明星。」她將內衣往上拉，睡衣早已散開。我第一次看到如此漂亮的雙峰。

「小弟，和我做愛好嗎？」我的陰莖翹得好高，頭腦充滿慾念，全身發熱，又對性充滿好奇。「汪姊，我沒經驗，這是第一次，我不會。」

汪姊慢慢導引我右手去摸她的陰戶，她也伸手去玩弄我的陰莖。我們面對面的接吻，互相可以聽到急促的呼吸聲。汪姊輕輕地爬到我身上，脫去我的內褲，握住我的陰莖，慢慢地導引我的龜頭進入她的陰道，雖然有一點點淫水，但不管如何弄，就是進不去，而且我喊龜頭會痛，她不敢用力的坐下去。她沾了口水，慢慢的用陰唇磨蹭我的龜頭，輕微的碰一聲，龜頭進入一個瓶頸關卡，進去了，我喊很痛，汪姊停下來，又趴下來深深吻我，她慢慢往下壓，陰莖一點點慢慢進入。

我的包皮硬被撕開，痛得我流汗咬牙。總算全部進入，我告訴汪姊不要玩了，實在太痛。她叫我忍耐些，等一下就不痛了。汪姊開始挺腰上下聳動，慢慢地套弄，屁股一上一下坐在我肚子上。汪姊問我還痛不痛，我說一點點，但有舒服的快感，她由慢變快，由快變成激烈，陰戶包住我整支陰莖，我感覺整支陰莖沾滿淫水熱熱的。我一陣快感充滿全身，我驚呼：「汪姊好舒服呀！我要射精了。」我雙手抱住她屁股，挺腰往上頂，不管龜頭的疼痛。猛衝，連頂十多下，精子一直在噴射，全身痙攣顫抖，足足有二十秒，射光全身的精液。我第一次的做愛全程大約只有五分鐘，汪姊問我怎麼那麼快結束，她好像不滿意，可能她尚未射精滿足性慾。

汪姊慢慢的站起來，我的精液和血，從她陰戶泌泌地沿著大腿內側流下來。我也站起來，看到仍然直挺的陰莖沾滿精液和血，而且龜頭仍然滴血。汪姊看了驚慌：小弟，你陰莖受傷了。拿了衛生紙幫我擦拭，血仍然從龜頭包皮處流出，她拿出面速力達姆軟膏為我上藥，用衛生紙包住龜頭，再用手帕包住打結。

誰說男人第一次做愛不會流血，我這次不是流血了。流血是因龜頭和包皮硬被撕開，皮膚有了傷口。我的第一次處男就這樣給汪姊奪走了，她滿意地微笑。她問我後不後悔？我搖頭說：「我心甘情願。」兩人擁抱著睡覺。

天微亮，汪姊又約我再做一次愛。雖然下體會疼，但我這次是主導，她教我如何抬她的腳，如何將陰莖插入陰道，如何壓在她身上，如何挺動屁股抽送。這次十分鐘左右，雙方都射出精液。我龜頭仍然流血，雖然很疼，但是非常爽和快樂。

初次學會雲雨，一有機會就不放過。汪姊是我性的啟蒙老師，她長得漂亮清秀，學歷又高，我喜歡她、尊敬她，我要求她把我英文加強，以便大學聯考。

我要求汪姊讓我看她的下體，她說：「有什麼好看的？全部的女生都一樣的，剛才你不是看過了？」我說：「我活了二十歲，從未看過女人陰戶，剛才沒看仔細，讓我再看一次吧。」

經過我再三要求，她脫下外褲和三角褲，躺在床上。我撫摸她細細不多的陰毛，扒開她的外陰唇，摸她的陰蒂，她顫抖了一下。我看到尿尿口，又扒開她的小陰唇，看不到陰道口，她整個陰戶都是粉紅色，很漂亮。我用食指挖她陰道，總算進去一小截。她馬上撥開我的手，說不衛生，陰道會發炎，又逗弄她，她會想做愛。我用嘴去舔她的陰戶，起初讓我玩弄，後來說，她受不了了，叫我別再舔。

我八點才下去辦公室，沒人找我。早餐沒吃，肚子有點餓。我又回樓上，正好同袍在收飯盒。我問，有沒有多餘沒吃的。他馬上給我一份，我拿到950室吃，汪姊累了在睡覺，我問她吃不吃早餐，她說也好。她的早餐在門口，我提進來，各吃一份，是稀飯和小菜。

在早餐中，汪姊問我和她是不是玩真的感情。我說：「我也不知道，不知道該不該愛妳。我早有女友。」她摸摸我的臉，說我很誠實。她很高興有我這位乾弟弟。她不寄望能和我結婚長相守，但是她把握在我服役的二年多的時間裡，愛我疼我，讓日子過得快樂。

我離開時，她叮嚀我，正月初一早上，要來向她拜年，領兩份紅包。一個處男落紅紅包，一個過年賀歲紅包。

寧靜除夕和繁忙新年

今天是除夕，茶室休假一天，大門沒有開，憲兵和衛兵仍然站崗，大樓兩處樓梯，鐵門也鎖上了。衛兵改在二樓和三樓。

連長和值星官召我去，告訴我下午有一個活動。名稱是手牽手談心活動。活動方法是衛兵和服務生，一對一手拉手散步。連長和值星官已安排好行走路線，從二樓下來的服務生，衛兵排隊迎接後，一位帶一位從右轉到售票大樓，再往大門方向，經連集合場、會客室、中山室、管制室、輔導室，再左轉，接行道樹，經停車場、禁閉室、籃球場、四個水池、花圃、養豬場，接盡底的廚房，從廚房門口走過，經垃圾場、停車場、油庫、儲藏室、晒衣場、公共廁所，回到大樓樓梯。我們試走一次，大約十五分鐘。

昨天陰雨，今天轉晴，太陽露臉。下午兩點正廣播。活動開始，服務生下樓來，我們衛兵已排好隊迎接，我是第一位，迎接的是003室小姐，彼此熟悉，我伸手去接她，她左手勾我右手手腕。往昨日安排好路線走。

「003妳是哪裡人？」

「蘇澳。」

「妳先生做什麼工作？」

「捉魚的啦！」

「幾個小孩？」

「四個。」

「都在讀書吧？」

「老大和他爸爸在漁船工作，我們自己有條船。」

我回頭看，我們是帶頭的第一組，後面隊伍已拉得好長。每組距離五步到七步。

「003妳想家和小孩嗎？」

「怎麼不想？」

「快畢業了吧？」

「還剩十一個月。」

我們已走到廚房門口，幾位幽默的同袍，拿鍋子和鏟子，有節奏的敲出歡迎樂曲。我和003先拍手，後面的人也跟著拍手，廚師們樂得笑呵呵。

很快的回到原出發點，我讓003上樓，又領一位服務生出發。現在是我跟在別人後面。

這位服務生不肯和我勾手。我問她住幾號房？哪裡人？她臭著臉回答：「120，台中大甲人。」

「結婚了嗎？」

「結過又離婚了。」

「有沒有小孩？」

「沒有。」

「想不想家？」

「你問這個幹什麼？真無聊。」

「快畢業了？」

「剩四個月又十八天。」

路過禁閉室時，她問我那排房子住什麼人？我說：「是關違規的禁閉室。」我一圈走完又一圈，腳有點麻和酸。第一次後，樓梯沒人，活動結束。值星官對我說：「下午自由活動」，看錶不到四點，找機會溜上樓，去950室看汪姊。

到950室，我推門，門沒上鎖，一推就開。汪姊在寫信，她看我一眼說：「我想你該來了，剛把鎖打開。」我問她有沒有下樓參加活動。

「我在睡覺。」她問我，晚上幾點來陪她吃年夜飯。我說：「無法確定，今天活動，我派了公差，我會在深夜一定來，超過七點，妳自己先吃，留一份給我當宵夜。」

我告訴她，今天晚餐吃水餃，早上派五十個公差去廚房幫忙，回來說，包了三萬個餃子，內餡是豬肉韭菜和豬肉高麗菜二種。「小弟，你不要下去吃，不可以嗎？」我說：「吃一點，能溜馬上溜，怕會點名，明天是大假日，全連戒備，會多派衛兵及公差。我跑不掉。」

汪姊拉我到床上，將我推倒，壓在我身上吻我。「小弟，我好寂寞，好需要你陪我。尤其和你有了性愛，全腦子想的是要和你做愛，全身燥熱，陰部奇癢難受。今夜不管如何，你非來不可。」

她開始掏出我的老二（陰莖），用手搓弄。我推開她的手，妳又要把我弄流血，是不是？她爬起來，把我龜頭包皮搓開，看看傷口。用舌頭舔一舔龜口，又將我褲子穿好。我看時鐘，四點四十五分，我站起來，把汪姊抱住，深深一吻，離開，下樓吃晚餐。

我以為除夕可以吃大餐。中午吃炒麵混合米粉，外加一條香腸，幾片臘肉、空心菜、牛肉炒青辣椒。晚餐是水餃、臘肉切片、雞肉、香腸和酸辣湯。我吃了十五個水餃。

我站在停車場看落日，看到連長把大包、小包的東西，往車上堆。吉普車倒車轉頭，往大車開去——回家吃團圓飯。接著副連長和五位排長，也是手提大包、小包上吉普車。第三部吉普是輔導官和兩位排長，也回家吃晚飯。

我到值星官室，看護值星是位少尉林排長，他是充員服預官役。

「溜呀！」我到樓梯口喊衛兵開門，並告訴他們，全連的軍官都回家了。兩位同袍問我，上樓找幾號房。我說還沒有固定，正在挑選。他們告訴我，同袍江復平已上三樓 520 室，找他的老相好。

我輕拍三下 950 室的門，門馬上開了。一進去，汪姐就抱住我。

「我正等你來一起吃年夜飯。」我看桌子上放著一個電爐（我以為用電鍋煮），上面有個鍋子，正熱騰騰的冒著蒸汽。打開蓋子，魚丸、魚餃、鳥蛋、白菜、菜頭、茼蒿……好豐盛的火鍋。桌子有辣椒、醋、沙茶醬、醬油，另有兩盤切薄片的牛肉和豬肉。

汪姊坐椅子，我坐床沿，開始動筷子。我告訴汪姊：「我家窮，像這麼豐盛菜餚，只有在親友結婚的宴筵上才能嘗到，幾年才有一次。」

她告訴我：「自小時候有記憶起，除了逃難那幾個月，偶爾缺糧，父母皆能買到滿足我們小孩的食物，牛奶粉別家吃不到，我家從不缺。我爸媽在政府上班，是高階主管，他們能買到別人買不到的東西。我們三個小孩，是祖父母的心中寶貝，爸媽給我們最好的玩具，別的同學尚買不起腳踏車，我就有一台全白腳踏車。我很懷念我爺爺、奶奶，他們不肯跟我們到台灣，現在在上海，我們透過香港親友，每個月都有信往來，爺爺、奶奶都八十出頭了，仍很健康。」

吃完年夜飯，汪姊收拾桌子後去洗碗筷，我看電視的綜藝節目。看錶才八點十分，耽心值星官點名，我留字條給汪姊，下樓拿英文課本。

中山室分成兩群人，一群玩牌賭博（本月領雙餉，大家口袋「豐富」），另一群圍著電視機。我到寢室，只有少數人睡覺，其他人都在玩撲克牌。到管制室，四個值班也在玩牌，牆上的燈亮了，他們一定不知道。大門口一個衛兵一個憲兵，在聊天抽煙，等十點下衛兵。我到辦公室拿了英文和化學課本，上三樓950室，我放心了，今夜是一個寧靜除夕夜。

汪姊站在欄杆旁抽煙，看著外面漆黑一片的甘蔗園。我問她冷不冷？怎麼不穿上夾克。她笑笑的對我說：「你開始會關心我了。小弟，去給我倒一杯威士忌。」

「汪姊，最近妳家人有沒有來看妳？（她是全茶室唯一有會客的人）」

「我不要他們來，我媽媽每次來哭哭啼啼，在會客室，我很尷尬。用寫信聯絡就可以了，反正我也不缺什麼。」

「那麼我猜，妳最想要的是自由，對不對。」

「放我出去自由，想都不敢想，九年後再說。目前最想要的是，小弟你對我好，每天和我做愛。」我馬上臉紅，接不上下句話。

回房間，她教我英文第八課到十二課。時間過的很快，看錶快十一點，她催我上床睡覺。一上床，我馬上睡著了，她仍然翻來覆去，下床小便，又起來吃安眠藥。時鐘定在五點響。

五點我起床小便、穿衣服。汪姊也起來，問我要下去了？我嗯一聲。「小弟，我想要，你陪我十分鐘，好不好。」我給她梳攏頭髮，輕輕地吻她。

「今天不答應妳。龜頭皮傷口未癒，一做就要流血，大約兩週會好，等好了，妳愛玩幾次，我會配合妳，要怎麼玩，任妳選擇，現在去睡覺，不可再吃安眠藥和喝酒。可能一星期無法來陪妳，但有空閒會上來和妳聊一下。」

六點集合。唱完軍歌，值星官分配工作，我負責督導衛兵，維持秩序，樓上人多時，閒雜人趕下樓，上樓人暫停。我現在才知道，當士官的好處，可以顯顯威風。

八點正，茶室大門一開，人群擁進來，值星班長吹哨子，穿軍服走左邊，穿便服走右邊，請出示補給證備查。衛兵加憲兵，橫排一列，穿便衣的，衛兵一一核對，才放人進入。大約五分鐘，人群全部進入，聚集在售票口和大頭照的相片前挑選服務生。

公共汽車有從鳳山來的，有從高雄市來的，載來大批軍人。也有軍用卡車，在大門口前停下，跳下一些阿兵哥。正月初一，鳳山特約茶室在九點前宣佈客滿。樓上、樓下都是阿兵哥。從樓下往二樓、三樓看，走道都是人。服務生出出入入浴室水捧水。我向值星官報告，人太擁擠。他馬上陪我到樓梯口，要衛兵將鐵門關一半，只准出，不准上樓。我上去巡視，秩序良好，幾乎每個房間的燈都在亮。十幾個補票員都站在自己的崗位。廣播器響了：「辦完事的阿兵哥請下樓，請不要在樓上聊天。」憲兵二人一組，上樓巡查，手上沒有票的，都被趕下樓。我和連上其他士官都在樓上巡查。

在茶室的樓上，常碰到無線電連的同袍，他們會自動和我打招呼，就是老士官（老芋仔）

也不例外。今天碰到最多，平時可以停下來閒聊，今天我告訴他們很忙，以前，他們一見到我第一句話就是：「在這裡做什麼工作？」

「站衛兵和上樓撿衛生紙。」

「忙不忙？幾天一班衛兵？」

「比無線電連好多了。這裡三天才一班衛兵，無線電連，每天一班衛兵。這裡不出操、不上政治課、沒有裝備檢查，出公差不會晒太陽。」

「葉仔，太涼要多穿一些衣服，小心感冒。」他們都如此虧我。有人還問我：「打砲要不要買票？」

十點三十七分，有衛兵吹哨子，在二樓500室那條走道。我奔跑過去，看到兩個衛兵和一位充員兵對打。其他衛兵都靠攏，圍過去幫忙打，變成十多位打一位，但是這位充員兵繼續抵抗，而且衝出包圍，往三樓跑。大家又追上去，樓下憲兵上來五個，二人手上有卡賓槍，在三樓781室圍住了他。憲兵用槍抵住他胸部，衛兵將他上手銬帶下樓。

管制室沒有軍官作筆錄。值星官給我一張調查表，要我去調查寫筆錄。這位阿兵哥垂頭喪氣的坐在沙發上，兩衛兵在旁監視。我要他拿出補給證。他叫林英傑，有線電連(二軍團)，一兵。

我問他：「哪裡人？」
「苗栗造橋。」
「為什麼毆打３２０室服務生？」
「她一再要求補票，我已補二張。每次我快射精，她就把我推倒，說時間到，補票。我老二又軟了。連續第三次，我才生氣打她。」
我問他連上電話。「河南８４１。」
我將詢問的資料全部填寫在報表上。調查結束，值星官連絡管訓隊來載人。衛兵將他送到禁閉室關起來。
吃完午飯，我站在大門口和衛兵聊天。我問衛兵：「管訓隊來載人了嗎？」他說，沒有。那中午飯誰給他送去？誰知道。我去問值星官：「關禁閉的，誰送飯去？」值星官要我去廚房，通知他們送飯。我告訴廚房的同袍，他問我是不是同連的，還是那位關禁閉的。我說：「是二軍團有線電連，因毆打服務生，被關禁閉。」他說：「管他去死。要弄便當，你自己去弄，我們已經休息了。」
開了禁閉室的門，看到這位林英傑，雙手銬在床頭鐵杆。這如何吃飯。我又回管制室拿鑰匙，並叫一位衛兵陪我。同袍罵我：「自找麻煩，餓他三、兩天活該。」

我才不幹

不管天氣多麼寒冷，細雨霏霏，八三么鳳山特約茶室，人來人往，車水馬龍，售票口都有人排隊。有長官和我聊天，往台南善化算起，岡山、左營、鳳山、屏東、潮州、龍泉……官校、士校、海軍陸戰隊，各訓練中心，加上駐軍，方圓五十公里，共有軍人五十萬人。假日在鳳山八三么特約茶室，有大約一萬人到兩萬人，茶室的服務生約一千人，每人平均要接待十幾人到二十人。

如果喜歡的服務生門庭若市，別人正在辦事，你只好排隊等。排隊時，誰也不認識誰，大家默默的站著，沒有羞恥心，大家來此打砲，正正當當，別人玩過的東西，洗一洗該我玩。我心裡想：多噁心，我才不幹這種傻事。

姊弟情深？

我一整天在樓上巡邏，經過950室門口無數次，我沒敲門，因為路過的人多，我不願汪姊出來露面。直到八點正，廣播器催人離開，三樓幾乎沒人，我才敲門進去。抱住汪姊，告訴她，整天很忙，沒時間來陪她。她笑笑的輕吻我一下，催我下樓，衛兵要來查房，她也必須站在門口，讓衛兵進房搜查。

躺在寢室的床上，心裡想著古人一句話：「近朱者赤，近墨者黑。」來到茶室（妓女戶）服役，不到三個月，失去了童貞，將來的太太問我：「我是處女給你，你是不是處男給我？」我要如何回答。和汪姊的感情，只能是姊弟情，退伍各奔東西。我要警惕自己：別陷下感情，荒廢了功課，退伍如果又考不取大學，我將何去何從？

服務員送醫

正月初二，和昨天一樣人潮洶湧。除了兩件打架事件外，平靜一天落幕。（打架的原因，是一位海軍陸戰隊和一位二軍團兵都自稱先到311室排隊。我將海陸兵的311室券，改成475室券。475室是位二十五歲辣妹。另一件也是如此，我將另一位的票，改到三樓576室叫咪咪的服務生）

正月初三，早上八點多，連長、副連長、排長及一些老芋仔軍官陸續回來了。值星排長又換回老芋排長。十點多，丁團長的吉普車直接開到中山室門口，人轉入連長辦公室。中山室待命的充員兵，玩牌、看電視、看小說。

我接到管制室的命令，要我去419室探望。有人投訴她關門拒客。我敲開419室的房間。她直接告訴我，肚子疼、陰部也脹痛，就脫下內褲要我看。我說：「我下去請醫官來判定，妳是否可以休息。」她開始嚎啕大哭，她要撞牆自殺。我過去拍她的背安慰她。我去售票處，請他們不要賣妳的票。我走到門口，對兩位已買票的阿兵哥說：「服務生生病了，你們到售票處，重新選人，更改號碼。」

到售票口，請他們暫停售419室的票。到醫務室找醫官，兩人都不在。只好去報告值星官，他說：「等醫官回來再說。」他給我一張休息的牌子，我到419室掛在門口。419服務生仍然躺在床上哭。我問她，要不要去醫院給醫生看。她說，下腹部仍然痛得厲害，小便有血。我又回控制室，請他們派兵開車，送419服務生去802總醫院。

收紅包

這兒過年，聽不到鞭炮聲，沒有迎神，賽會、舞龍舞獅，一點新年熱鬧的氣息都沒有。但，偏偏人潮不斷，來來去去，和市場有何不同。就這樣一天又一天過去，元宵節到來了，在軍中看不到燈籠，但卻意味一年過去了，休假要結束了。八三么特約茶室的服務生，有喘息一下的機會。

半個月來用掉一卡車衛生紙（每天在垃圾場，擦拭過的衛生紙成堆、成堆的放火燒），服務生肉體的折磨，眼睛看不到。做長官的卻能體會到，整天見不到陽光，關在四坪的空間活動。沒有娛樂，對精神也是一種折磨。長年她們又不能會客，極想家人、小孩。某些服務生，長期服安眠藥和鎮靜劑，盼望早日假期結束。來打砲的阿兵哥減少了，讓服務生休息，也讓衛兵連服役的充員兵補休假。

開始分配休假，我是第一批，拿到差假單有七天假。我上去向汪姊道別。她要我中午以後才走，明白表示要我上床，我脫去衣服，她掏出我的「老二」，搓開包，看傷口。

「小弟，傷口好了。我等你半個月了，今天要好好補償我。我答應給你的紅包，絕不食言。」她拿出一個保險套，套在我的陰莖上，迅速脫完自己的衣服。我躺下，任她去玩、去弄。

不久，兩人就結合在一起，她伏在我身上，用腰力挺動，上下抽插。深深的吻我，她的喘息聲，由慢變快，又變成急促，一陣痙攣，哀嚎叫著：「小弟，我愛你。」

高潮結束了。我要她下來，她不肯。說還要再來一次。她指揮我做上面，如何抬她雙腿、如何挺動。我急著要坐車返台北，草草地衝刺，不管她的感受，射出精液。

我起來穿衣服，汪姊也一樣。她特別將我衣服拉整齊，抱著用力的一吻，然後從衣櫥拿出兩個紅包，塞進我的背包，我不肯要。

「汪姊，我獻給妳我的處男，是我心甘情願，因為我真心愛妳。我不是妓男，為妳性服務而收紅包。至於另一紅包，正月初一，我忙得沒時間來給妳拜年，所以沒資格拿紅包。」我將紅包放在桌上，拉開門走了。她追出來，我已逃下樓。我急著趕從鳳山車站發出，十點四十分到台北的平快列車。

伍

這次回家，母親要我送一些臘肉、香腸、火腿塊回三峽給外婆。三峽老家還住著兩位舅舅和一位阿姨，各已婚嫁，仍然和外婆住在一起。我在此有14位表兄弟姊妹。

這些臘肉、香腸、火腿大約五十公斤，全部來自眷村長官夫人送的。母親在南機場眷村賣菜十多年，每年除夕前，會殺一批雞、鴨、鵝，送給看大門的伯伯、村長、聯合會會長、某將官夫人，及要好的眷村朋友。她們回饋香腸、臘肉、火腿切塊。

記得我國小二年級，從三峽搬遷來南機場，父親在東園街尾，依淡水河旁，承租了一塊地種菜（大約一甲），也養雞、鴨、鵝、豬。每天下午三點，用「力阿卡」拉一車滿滿的青菜、瓜果、竹筍到各眷村賣。只有一支秤子、一支鉛筆、一本國小的作業簿。一進村子，村辦公室會廣播：「賣菜的來了，要買菜的快來喔。」每一眷村停留三十分鐘。這些阿兵哥的太太，都會出來選菜，用現金的很少，大部分記帳，等月初，我們又去賣菜時才結帳。有時眷村某太太整月麻將都輸，會向母親說：「這月菜錢和下月的一起給，實在手中不方便。」母親總笑笑地說：「不要緊，妳今天要什麼菜？」

最多曾有位太太欠了五個月菜錢，她們搬家去台南（因先生調單位），這位太太專程坐車回來還錢。母親賣的菜比市場便宜三成，所以我們是唯一可以進入眷村賣菜的菜販。種菜要用肥料，我們家都會在深夜三點去公廁挑水肥。我可以說，我在眷村長大。上學和眷村小孩同校（螢橋國小），白天和眷村小孩玩牌、打球、玩彈珠。吃午飯和晚飯，常在某眷村母親的朋友家吃。

眷村的太太要生產了，那些做丈夫的都會去我們家挑雞，我家養的雞，純土雞。也有些校官、將官也會邀請母親去家裡幫忙做月子。洗衣服、煮麻油雞、麻油雞飯、紅蛋、糖水。母親不會要求該給多少工錢，只收一個紅包。

母親受日本教育，一句國語也聽不懂，都要我和弟弟、妹妹在旁翻譯。有時我們都不在，她去賣菜，都用手比，但也能通。眷村太太對母親非常好，常送舊衣服、舊傢俱。尤其丈夫升遷、外調，家裡東西太多運不走，全部無條件送我們，母親也會煮熟一隻雞回報。有些人回來眷村玩，也會去探望母親，帶一些伴手禮。

從外婆家回來，帶回五包茶葉（每包一斤裝，是鐵觀音茶），我帶三包回茶室，一包送連長、一包送輔導官、一包送汪姊。汪姊第一次鐵觀音茶，起初她嫌茶味苦，後來她說苦中甘甜。下次回家，再帶兩包給她。

我在高二那年暑假，父親無預警的中風，二哥又入伍服役。我們承租的地，十年合約到期，要重新訂合約。十年一萬兩千，要漲價到兩萬元。母親一時拿不出那筆錢，只好放棄，我們搬回和平西路。這裡在十年前，父親買的一幢違章建築矮平房，房子加空地約有五十坪。

汪姐的禮物

汪姊最擔心的是她的月經。今天總算出現了，量很多。她愁眉苦臉半個月，總算有了笑容。她說以後上床，一定要戴套子。我抗議：「戴套子不舒服。」她說：「由不得你。」如果她是自由身，她一百個願意，為我生個孩子。

休假回來第二天，汪姊拿出一個很精緻的盒子，說要送給我。我打開盒子，「精工錶」，日本製，寶島鐘錶行。她告訴我，是託林排長在高雄市買的。我說太貴重，不敢收，如果收了，戴在手上，排長一定會看到。她生氣的非要我接納不可。管他林排長看到，她說好幾位服務生問她，是否和０８８上床了。她否認，只承認，兩人結拜成乾姊弟。

其實在十天前，在浴室洗澡，數位同袍圍著我問：「落腳，你和９５０的服務生姘上了喔，看你陰莖已半脫皮，以前全包皮。」我回答：「沒這回事，陰莖半脫皮，我自己用手硬拉開的，手淫用力過度，是自然而成。我去９５０室是請服務生教英文，人家大學畢業，英文系的，我退伍要考大學，請她補習，你們少亂講話，９５０室有靠山，叫丁團長叔叔。」

汪姊贈送的自動錶，黃金色，亮晶晶，很顯眼。只戴二天，就去鳳山郵局，以雙掛號包裹，寄回家贈送二哥。自己仍用父親留給我的一個老錶。

這次從台北回來，向堂姊要了一些歷年聯考試題，及各科的參考書。一有空就分科復習。上樓的時間減少了，因為太多服務生及同袍問我，和９５０室的關係。

江復平和富美

江復平要退伍了，他是宜蘭礁溪人，和３２０室的服務生富美，難分難捨。我勸他留營一年，富美再九個多月畢業，兩人不正好同時離開。晚上我衛兵（八到十點），我這位平哥一定上樓去陪富美。

我下了衛兵，也去３２０室和他們一起聊天，他們告訴我，平哥會等富美九個多月。富美大阿平四足歲。我祝福他們能百年好合。至於談到我和９５０室汪姊，我一概否認上過床。

陰陽人

同袍告訴我，前日新進一批服務生，有一位是陰陽人，她有鬍鬚、有喉節，說話聲音略粗，她房間號碼８４３。何謂陰陽人？她有男、女雙性器官。我和同袍去會８４３室的服務生。個子不高，長髮秀麗，臉孔像女子無差別，也塗了粉和口紅。我們問她，是否有雙重器官，她說去買票，就可以一睹盧山真面目。我下樓去售票口，買了一張８４３的票，二人進了房間。

她脫下衣服，躺在床上讓我們看，並且打開雙腳。真的耶！有外陰唇、內陰唇、陰道洞，陰蒂變成一支陰莖，像小孩子的小雞雞，而且包皮。我同袍用手玩弄小陰莖，它也會變粗變硬。我們搓它陰莖，包皮也會後退露出龜頭，只是體形很迷你。同袍伸指頭進陰道，也摸到子宮，我摸她雙乳房，和一般女人一樣。兩人就如此玩弄了十五分鐘，時間到，問我要不要繼續，要的話就補票。我們退出房間。我說：「天下無奇不有，一個人有雙器官，但不知尿尿是何處而出。」又敲門問她，尿尿是不是兩器官都出水。她說：「小雞雞不出尿，是下面的洞出尿。」

晚上到汪姊房間看書，她用生氣的口吻對我說，小弟，你買票進８４３房間做什麼？我驚訝，真快，早上做的事，晚上汪姊就知道，有人通風報信，一定是哪位服務生看到。我只好說明事情的經過。不是我單獨進入８４３房間，另有同袍一起進入，我可找他來作證。汪姊說：「如果找人來作證，我們二人戀情就曝光了。」她要我發誓沒對不起她。我只好發誓。那一夜，我沒下樓晚點，留在汪姊房間過夜，十一點做了一次，天亮又做一次。汪姊才滿足地繼續睡覺，我偷偷溜回寢室。

阿鳳姊

新曆的三月份，種田的人在忙著插秧苗，也正是需要水的時候，老天爺憐憫，多下些雨。三月中旬，天不放晴，加上寒流來襲，茶室靜的可以聽到蚊子的叫聲。服務生都躲在房間裡。偶爾有一位出來上廁所，或在走廊抽煙。我二、三樓轉了一圈，連補票員也見不到影子。

上三樓９５０室找汪姊，在９１２室前碰到常見的士官長，左手雨傘，右手保溫鍋子。他每週固定一天，送雞湯、排骨湯、魚湯到９１２室。９１２室的服務生，大家叫她鳳姊，年紀在四十歲左右，長的還不錯。士官長每次來，買９１２室五張票，帶來親手做的補品，兩人房間一上午。有人買912室的票，會被他趕走。長官曾上來和他溝通，五張票只能佔用七十五分鐘。他會大吵大鬧一番，勉強又買五張票。如此事件一再發生，久而久之，長官也無可奈何，不再找他麻煩。時間一久，阿鳳姊也被他的真誠感動，對這位老芋仔下了感情。汪姊告訴我，阿鳳姊再三個多月要畢業了，一離開茶室，他們就要結婚去組織家庭。

一年後，我在鳳山街上，遇到這位士官長，他手牽著阿鳳姊在路上走。

大熱天

端午節快到了，天氣慢慢轉熱。我們住的四周是甘蔗園，蚊蟲多，一到黃昏，蚊子就出現。蚊子有兩種，一種腳有白線，我們叫花腳蚊，另一種體型超大，叫山蚊，叮到又腫又癢。服務生工作要脫光衣服，常被蚊子叮咬，各個哀哀叫，鳳山的藥房，萬金油全被我們買光。

長官向上級陸總部反應。衛生連來做全面消毒，消毒水乳白色，味道很嗆鼻。全大樓都噴灑，大樓外的廁所、水溝也噴灑。七天沒看到蚊子，我們掩鼻子七天。七天後，臭味慢慢消失，蚊子也漸漸出現。大家又「哀爸哭母」，尤其晚上睡覺不用蚊帳，無法入眠。

連長派兵從儲藏室搬出軍用蚊帳。放了半年不用的蚊帳，長滿虱子。派兵重新洗再陽光晒。每個服務生和阿兵哥都分到一頂蚊帳。

端午節前一天，一個慈善單位送來一卡車冰凍的肉粽。那一天，每人分到一個肉粽。總算和端午節沾到一點關係。有那麼一點興奮，每人就那麼一個肉粽，都怨無法滿足口慾。

天氣熱，冰是服務生最喜歡的消暑品。大門口有五攤賣冰的，冰淇淋、枝仔冰、剉冰、四果冰、冰塊。衛兵一包一包地買進來，長官也不阻止。特約茶室有條規定，服務生不能有錢在身上。這些冰品全部是服務生託買，錢從何處來，我們聊天都知道，錢是從阿兵哥逾時私下賺來的。她們買任何零食，會留一份給購買者，衛兵也樂得跑腿。衛兵和服務生一段長相聚的生活，彼此都會有感情。彷彿家人，衛兵也不會鄙視服務生，好像姊妹或媽媽相待。服務生違規犯法，沒有人會去打小報告。

冬天穿的長袖毛衣，換成短袖的棉線衣，長裙也換成短裙，長髮也修剪成短髮。這是服務生隨著天氣的改變。某些服務生手臂、胸前、大腿、後背有刺青，都顯露出來，同袍會好奇地請她脫下衣服來看、來欣賞。談這刺青的來源和過程。

八三么特約茶室，在夏天是生意的旺季，尤其在週六和週日，熱使人口乾舌燥，汽水、冰和西瓜，砲哥們也會帶進來孝敬服務生。尤其衛兵，出入大門幾十次買水果和冰。

天氣熱，服務生的房間門都不關，有部分的人只穿內衣和胸罩，或躺或坐的吹電風扇。有的站在門口抽煙聊天。第一走道和最後一條走道，可以面對大自然，這兩條走道，站在此處聊天、抽煙、吃東西的人最多。

秘密夫妻

有一天上午十點左右，我在三樓巡視，有人喊：「快來看，狗在相幹（交配）。」我依在窗口欄杆往下看。十幾隻狗在籃球場，其中有一對狗在交配，黃狗在下，黑狗在上，其他的狗在旁圍觀。忽然一隻黃狗衝上前咬黑狗，二隻狗互咬互吼吠。另一隻黃公狗乘隙，爬到黃母狗背上幹起來，黑公狗回頭來咬正在交配的黃公狗。黑公狗體型較大，牠輪流和二隻黃公狗打架，不久兩隻黃公狗認輸走開到旁邊去。黑公狗獨享母狗。可能耳、背、腿受傷流血，幹了很久也不見成功。黃母狗四處走，都在行道樹下。黑公狗跟在後面，只要母狗一停，黑公狗就爬上背幹。最後一次，黑公狗一直挺衝沒停下來，終於兩個尾巴連在一起了，好戲結束了，一部分人離開，我和汪姊也回房間。

一回房間，汪姊就抱住我深吻，右手伸進我的褲襠內，玩弄我的老二，我也伸手進她的三角褲。她的下體早已濕黏，我們各自脫光衣服，她交給我一個保險套。我躺在床上，先由她上我下（這已成一種習慣），任由她衝撞，下體的拍打。每一次的痙攣，她都會呼喊：「小弟，我愛死你。」大約二到三次的高潮後，她爬下來，躺在我身邊說：「小弟，該你。」我抬起她的腿，一插入就猛烈猛衝，五到十分鐘我洩出，兩人才起來清洗。每週平均二到三次，我們有如夫妻。

汪姐生日

民國五十七年五月二十七日，是汪姊滿二十八歲生日（她民國二十九年生），她託上級長官買了一個大蛋糕。生日那天下午三點，我們幾位衛兵和數位服務生，在中道中央弄了一個桌子，蛋糕放置在桌上，插上蠟燭點上火。大家圍著唱生日快樂歌，有英文、有中文。唱完後切蛋糕，每人分一小塊。有位服務生要汪姊請吃冰，她二話不說，回房間拿一百元，要我和另二位同袍去買二十包四果冰。

汪姊在茶室三樓，很受其他服務生尊重。她常買衣服、零食、糖果、餅乾送人，有人借錢，她也一定有求必應。她的唯一要求，就是不准任何人進她房間（除了查房、長官巡房和我例外）。她更不喜歡別人問東問西。尤其問我和她是否上過床。有服務生向她要煙抽，她會整包送人。

鬥不過

有位服務生，搖電話到管制室指名要和我談談天。這是我的工作，我在她房間，拿了筆記本要一面談，一面做記錄。她說，我們連長將麵粉全部賣到鳳山ＸＸ製麵廠。要我寫信給陸總部的高級長官投訴。我嚇一大跳，這記錄怎可做。我問這位服務生，消息從何而來。她說某服務生告訴她，我要她請另一位服務生來；另一位服務生經我責問，又說另一位服務生告訴她的。

如此追問下去到第六位。她說廚房的陳文寶告訴她的。在六位服務生面前，我嚴厲地說：「妳們鬥不過衛兵連的長官，搞不好，天天深夜來查房找妳們幾位麻煩。我藉口送妳們回原單位（監獄）。別把事情搞大，妳們手上有證據嗎？別害我們衛兵，深夜來查房。妳、我大家都累。我服完兵役，妳們服完刑期，各說拜拜，我們回到社會，和這些長官再也拉不上關係，他們要如何貪污，他們的事，『人在做，天在看』，他們報應在後面，這件事從此消音，不准再以訛傳訛，把事情鬧大。」

無毛雞

剛上二樓，012室的服務生叫我：「童子雞，我中鏢了怎麼辦？」拉我進她房間，掀裙子給我看。指著陰部說好癢，看不出所以然。她拿梳子在陰毛上，又梳又刮，然後往桌子上一拍，你看，這是「八足」（陰虱）。我看見桌上有三隻極小的紅蜘蛛在爬，她用指甲壓死牠，桌子上留有一小點的血。

「我去請醫官來看，他有權力判斷，讓妳休息送醫。」我告訴在辦公室的陳醫官（服預官役的台灣兵），012服務生從陰毛上刮出三隻小蜘蛛。他說小事一樁，我去給她治療。陳醫官帶著一把刮鬍刀，和一條（信東製藥廠出品）水銀軟膏上樓。他要012服務生躺下，脫掉裙子，用肥皂洗陰毛，然後用刮鬍刀，將陰毛全部剃除。再用清水洗陰部，擦乾陰部，用水銀軟膏擦在沒毛的陰部。陳醫官說：「012妳今天休息一天，明天就OK了。陰毛三個月內會長齊。」說完就走。

我到管制室拿了一張休息的牌子，掛在012房間大門。我對012服務生說：「阿英姊，妳變成『無毛雞』了。」她罵我：「說話好毒，少去給我宣傳。」

陸

連上士官共十位（台灣充員兵），五位來自駕訓隊，他們在連上編在駕駛兵，每人要負責保養一部軍用卡車。另四位是自願留營，送士官班受訓回來升士官，學歷都在國小、初中。我來衛兵連服役已七個多月，一切工作駕輕就熟。老芋排長都指定我帶班出公差。每週新上任的值星排長，都要我做地下值星班長，可是我另有輔導員的工作，他們都向輔導室借人。值星班長正式的是幾位老芋士官長。他們都很懶，存心鬼混，真正帶班出公差的都是我。久而久之，排長都直接指派我（除了輔導官要我辦事）。

每週三是大掃除。

「葉士官，你帶五十名士兵上二、三樓打掃，工作由你指派，上午十一點前結束。」我分派一人拿掃帚打掃，二人搬動桌子和床，一人倒垃圾及洗痰盂，四人成一組。第一組由001室到050室。如此分成十二組，我及另二人是支援換班。這打掃的工作，誰都不願分配到洗痰盂。我要他們猜拳，我本身先帶頭做。

痰盂在冬天裡，會變成一盆全滿的尿。冬天天氣冷，服務生懶的出門上廁所，直接尿在痰盂。又懶的去倒掉。我們會一面工作，一面罵服務生。服務生也會回罵，有的伸手打我們的背。同袍也會伸手摸奶，摸陰部、掀裙子，大家笑鬧成一團。我要同袍快完成打掃工作，做完了要怎樣摸魚都可以。數月來，我們都在十點前完成。留下一小時在二、三樓聊天抽煙，或外出買零食（有的躲在服務生房間幹那件事）。十一點我會吹哨子集合。大家嘻嘻哈哈走下樓，到中山室等吃午餐。

每個月固定一天，我們要派車到二軍團補給處，領白米和麵粉、食用油。公差固定六人，由我帶班。八點出發，九點回來，十點完成下貨工作。六個公差加司機和我共八人，我叫廚房領班將圍牆後門打開，溜進甘蔗園偷折甘蔗。我們不採圍牆四周的甘蔗，走遠一點去採，每人扛回五～八支。就在廚房門口咬著吃。這白甘蔗是台糖請工人種的。每一季損失數百支。這甘蔗園，台糖派人騎腳踏車在巡守，我們從來沒有失風過。

籃球場四周，有四個大水池，是消防用水。池中放養吳郭魚、草魚、鯉魚、鰱魚……一年捕魚一次，魚一部分加菜，大部分賣給商人。我組織了一個偷釣魚小組，共八人每人出十元，去買魚線、六號魚鉤、鐵釘三寸一台斤。線前頭綁魚鉤，中間綁鐵釘，後端綁鐵釘，八人分工挖蚯蚓。魚鉤鉤上一條蚯蚓丟入水池。將尾端鐵釘釘入土中，每池放十枚釣線，清晨四點下衛兵的人去收，廚房同袍也幫忙收。每天都有各種魚上鉤。晚上七點到九點半，我們八人偷釣小組在廚房集合。廚房早煮好魚湯，煎了數盤魚。酒也預備好了，天天宵夜、聊天。這種天兵日子，誰說當兵苦，我們二十多人過著神仙的生活。

開始偷釣魚是在新曆的三月底，到五月初，天氣轉熱，同袍吃完晚餐，大家會四處散步。

我向偷釣魚的其他七人建議。見好就收，不要再偷釣了。魚一上鈎就掙扎，池水會產生漣漪，一定會被人看到。一出事，我們八人事小關禁閉，事大送軍法。大家決議不幹此蠢事（我們偷魚，廚房人員享受），將釣具在垃圾場，用報紙燒燬。此偷魚事件直到我退伍沒有東窗事發。

我們不再偷釣魚，有一天，廚房老芋班長問我：「魚池那麼多魚怎麼不釣了？」我回答：「留一些給連長。」

充當看護

服務生打架、不接客、生病……都是我出面處理。041生病了，管制室接到電話通報。我奔上三樓041室，見到041服務生弓著身體，雙手抱肚子側睡，一直叫肚子痛。我問她：「痛多久了？」

「一整天了。」

「肚子哪部位？」

「右腹部。」我猜測是急性盲腸炎。搖電話到管制室，要醫官上來作判定。

陳醫官判定急性盲腸炎，值星官派車，我扶０４１服務生下樓，上了吉普車，直衝高雄802總醫院。陳醫官到急診室掛號，馬上有軍醫官來檢查，也斷定急性盲腸炎，辨理入院，準備馬上開刀。我扶０４１到八號房第八床休息。護士來抽血和尿液檢查。

我們下午五點到醫院，六點就入開刀房，七點半就送回病床，沒停留在恢復室。陳醫官已隨原車回鳳山特約茶室，沒有交待任何一句話，我只好留下來看護０４１服務生。趁著０４１服務生尚未甦醒，我跑去醫院大門口，吃了一碗牛肉麵。

到晚上九點多，０４１完全清醒叫口渴。我發現缺茶杯、毛巾、牙刷、衛生紙，及身上帶的錢只有二十四元。請護理長借我一個玻璃杯、一打棉花棒。我沾水在０４１的嘴裡塗抹，剛開完刀沒放屁，是不能吃任何東西(包括水)。

我將０４１的右手銬在床上欄杆，到醫院的辦公室打電話回連上求救。我要求送來我的內衣褲，及二人的盥洗用具和衛生紙。

這八號病房，有八個床位，全是女性專用。我們第八床在左角最後面，距離廁所浴室最遠。雖然有簾布可圍起來，但護士、醫生來，都將簾布打開。其他七位床位的病人和照顧者，都看到０４１服務生上手銬。好事者就過來問：「怎麼回事？」要了解狀況。我和０４１兩人都拒絕回答。他們去問護士，護士告訴他們是「犯人」。這句「犯人」更引起這些人的好奇，晚上十一點還有人來問。護士送來一架行軍床和一條軍用毛毯。我成了特別看護。041要尿尿，我要遞尿盆，尿完還要去廁所倒尿。這種工作由一位年輕人來做，大家都覺奇怪，更要探問這「犯人」從哪裡來的？怎麼沒家屬來照顧？

白天我打開手銬，睡覺時041才銬上手銬。第二天中午，連上輔導官送來我們要用的器皿，和兩百一十元的出差誤餐費（每天三十元共七天），慰問了041服務生，並且交待我不可讓服務生逃掉。

第三天，041就能起床，我扶著她去廁所大小號。各鄰床送來西瓜、葡萄、蓮霧、橘子、柳丁。他們就是要追問，一位阿兵哥會押銬一位年輕小姐住院，這兩人是什麼關係。我們二人給他們的答案是：「不能講。」

第五天，041要求去洗澡，換內衣褲，她的MC來了。她仍然在點滴，要洗澡極不方便。她問我：「你真的還是處男嗎？」

「是。」

「沒見過女人的身體嗎？」

「從未見過。」

「好，這次你幫我洗澡、擦肥皂，讓你看個夠、摸個滿足。」

我說：「大姊，別逗我，我會捉狂、強姦妳。」

兩人一面開玩笑，一面進浴室。要脫衣就不知如何脫，有點滴管，後來護士幫忙，才脫下內衣。護士臨走前問我，你要幫她洗澡嗎？一副很驚訝的口吻。我說：「那妳來幫忙。」

我們費了整整一小時才洗完澡，送回041到床上躺。這五天我們什麼都談，她是位可憐的女人。

041服務生叫王滿嬌，二十五歲，嘉義白河人，嫁到雲林水林鄉，家裡窮又是長女，父親收了她先生十二萬聘金，沒有給嫁妝，新婚之夜又沒落紅。丈夫不滿，公婆不喜歡，生了一個兒子後，常受丈夫毆打。積了幾年的怨氣，在一個深夜，她拿了柴刀，將丈夫的頭砍下來。法院判了十六年的徒刑。她怨自己命不好，她一面說，一面掉淚。她到八三么茶室來，可以減半刑期，又可積錢，她已和婆家一刀二斷。

第七天，041可以出院了，我打電話給陳醫官來辦出院接人，回到連上是下午四點。連長對我說：「葉下士，我放你一天榮譽假，明天你可以出去玩，要換便服喔。」

「一天假，我能去哪裡？」

「到高雄看場電影，到壽山公園爬爬山，到動物園看獅子老虎。」

好心助人

七月十七日早上九點十分，補票員兩人衝下樓，驚慌地向管制室值星官報告，988房間一位老芋上士，拿著一支點四五手槍，站在門口發飆。接著電話也響了，有服務生打電話報告出事了。

輔導官要連長派衛兵，拿卡賓槍實彈上膛，跟在他後頭。輔導官要我跟他一起上三樓。我們一到988室門口，一位山東口音很重的上士，用手槍指著我們別靠近，說他會開槍，要死大家一起死。我們三人距離老芋上士大約十步。前後十幾位衛兵舉槍瞄準老上士。連憲兵也上來十幾位，走道兩旁都是人。

雙方僵住了，輔導官問這位馬上士有什麼訴求？他說要帶走988服務生去結婚。輔導官說：「要結婚，先向軍團部申請，准了就可以來帶人。要他交出手槍，他不肯。他說他會申請，但是今天起，988服務不能再接客，我代輔導官回答可以。

我們馬上掛休息牌，但要他手槍交出來。他說：「要如何保證？」我說：「寫一張保證書給你帶在身上，你隨時不用買票上三樓查看。」他說：「你寫，你寫，你快寫。」輔導官要我下樓拿休息牌來掛。我用奔跑的下去又上來，將牌子掛在988房間大門。他說保證書快寫，輔導官說：「一起下樓到辦公室寫。」他跟我們下樓，我們走前面，他走後面，相差三步，衛兵跟在馬上士後面五步，當下樓梯時，忽然有人往我們後面撲過來，我機警地閃開，那馬上士和兩位衛兵及一位憲兵，全摔成一團。我及其他憲兵、衛兵撲上去壓住馬上士。有人搶走手槍，馬上用手銬銬住手和腳，抬進辦公室，3/4的軍用車開過來，人抬上車由憲兵押往二軍團軍法處。

我回到988室去安慰那受驚的服務生，並將休息的牌子取下來。我問988的服務生：「妳收了馬上士的金項鍊、金戒指，如何處理？今天連長會來查妳的房間，這些東西是違禁品，一查到會沒收，妳會回原單位。」她很緊張。

「我可以放在別的服務生的房間。」

「別作夢，這兩天一定深夜突擊檢查，今天鬧這麼大的事，我們連長一定不放過妳們。」

「那怎麼辦？」

「妳快寫妳家住址，及收件人姓名，例如妳爸爸或妳老公，我馬上代妳寄回家。」

988不放心的問我：「不知你會不會將它污走。」我說：「妳賭一賭，現在妳唯一能走的一條路。」她馬上告訴我，她住屏東潮州某街某號，收件人是陳文雄。我抄下來，她回房間拿出四個金戒指、一條項鍊交給我。我說還要十元郵寄費，她馬上給我十元。

晚上八點，不出我所料，全連集合，衛兵全部上樓，每個房間都查。我替988出了一身冷汗，金項鍊和四個金戒指在我辦公室的抽屜。隔天早上，我就去鳳山郵局用雙掛號，將金飾寄去屏東潮州。回單收據，我拿去給988保留。她哭了，她不敢相信，這世間有我這種好人。她問我有什麼要求，我說什麼也不必。

「那麼你想幹我，隨時給你幹，你不用買票。」我笑一笑走了。

兩星期後的某一天，我去950室汪姊房間看書，在走道給988擋住。她手上拿了一張信，偷偷告訴我，東西她先生收到了。

「謝謝你，童子雞，我永遠不會忘記你的恩情。」

不久，汪姊也知道這件事，是988告訴她的，她說：「我認你做乾弟弟，真是榮幸。」

「是我的不幸，失去處男童貞，變成性奴，每週兩次的性虐待。」她用手搥我，又拉我上床，猛騎在我身上發洩。

中山室前面圍牆停了幾台腳踏車，廚房前也有幾台，兩處加起來共八台，這些腳踏車，是已退伍的同袍，不小心從高雄和鳳山騎回來的，只能在茶室營區內騎用，誰也不敢騎到鳳山街上。要去鳳山辦事，唯一方法坐公車。

汪姊每兩天要我去鳳山租換小說，或買煙、零食……等等，她建議買部單車，來回方便迅速。給了我一千元，讓我自己去挑選，記得前後輪加一個菜籃子，以便載貨。

單車買回來了，是台墨綠色的又加上一個大鎖。我不用時，同袍開口要借外出，真叫我兩難。我將鑰匙交還汪姊。

我說：「要借單車的人，去三樓９５０室借，我沒鑰匙。」如此才解決了我的難題。

放在圍牆邊的八台腳踏車，專供中山室的人，要去晒衣場、垃圾場、廚房的交通工具，路程大約五百公尺，騎單車來回方便多了。夜間衛兵，也用單車巡邏，手裡拿手電筒，從大門到廚房，來回繞一圈，規定一小時一次。

自從幫助９８８服務生寄金飾後，９８８把我當恩人看待，一見到我，送小說、玩具、飾品、零食，拉我進房間聊天，要別的衛兵外出買冰請我吃。真巧，每次我一出９８８房間，都遇到汪姊。

次數一多，汪姊翻臉生氣地對我吼：「小弟，你常進988房間做什麼？」

「我什麼也沒做，吃東西聊天。」

「你以後不准再進她房間，要聊天、吃東西在走廊就可以。」

「OK，有人吃醋了。」

修收音機

聽收音機，是服務生在茶室的一種精神娛樂，幾乎人人手中有一台電晶體收音機，有聲寶牌、國際牌、新力牌……和一些雜牌。113服務生向我報告，她的一台新力牌收音機被偷了，要我找回來，否則要我賠她一台。我只好在她鄰居房間查尋，找到四台新力牌的電晶體收音機，我要113服務生來辨認。她說，她的收音機是銀白色，這四台是黑色的，不是她的收音機。

搞了一天沒結果。第二天，有服務生在浴室水池底，看到一台收音機。撈起來交給我，我叫113來認貨，她馬上說，這是她的收音機。只可惜收音機壞了，不能使用。113哭著說：「我花三百五十元買的，現在怎麼辦？」她將責任賴在我身上，要我想辦法。我將收音機拆開，放在大太陽下晒了七天，又將它組合好，放人新的電池，收音機竟然又響了，能收聽各個電台。我奉還收音機時，113好感動。

「童子雞，謝謝你。」她抱住我，猛吻我的臉頰。

險些被姦

八點三十分，我坐在辦公室看化學課本，看得有些厭煩，上樓去巡視，混時間兼辦公事。走到050室門前，看到一群服務生在浴室前抽煙、聊天，對我賊賊的笑。我伸手打招呼：「大姊，妳們好。」我右轉往第二行道走，忽然有人從後面抱住我腰部，接著又兩人捉住我左右手，開始猛拉往浴室。我輕微的抵抗，並且叫：「大姊，不要逗了，妳們要幹什麼？」接著又有人抱我雙腿，我開始奮力抵抗，不進浴室內。在浴室門口我被扳倒，我發現騎在我胸部的是098服務生，此人身高一百七十五公分，重九十多公斤。我手腳都受到壓制，共八位服務生，她們房間和０９８相鄰。

有人開始打開我的皮帶、脫我外褲，我開始呼叫：「衛兵，衛兵救命」，我想吹胸前的哨子，雙手被按在地上，無法去拿哨子。０９８沒穿內褲，只穿一條裙子，整個下體就壓在我臉上，那陰毛又粗又多又硬，我掙扎的把頭左右甩，臉部好像被棕刷子擦磨。我的內褲也被脫掉了，有人開始搓弄我的老二。我想完了，要被這些女色鬼強姦了。我更大聲地喊叫：「衛兵，快來呀，救命呀！」０５０室離軍官入口樓梯很近，有衛兵和憲兵已上樓，但隔著一道鐵門，有人叫快回去拿鑰匙，有人奔跑到士官兵樓梯，衝上來救我。

這段時間大約三分鐘，我已受到性凌虐，甚至有人要騎上我。我拼命左右扭腰，不讓她得逞。六位同袍將她們一一拉開，我才解了圍，站起來穿褲子。憲兵、衛兵以及這些女魔鬼哈哈大笑。我訕訕地笑：「妳們這下滿意了吧。」０９８說：「童子雞，你的傢伙還不小。你給我小心，下次一定把你幹死。」

這種遊戲，常常發生在新來的菜鳥身上。二、三樓就有幾位大姊大，用這種性虐待方法，在浴室強姦了新兵。尤其長得清秀可愛的充員兵，她們一群人選中目標，就等待機會。這位被選上的一落單，一定被整。有人告到連長那裡，答案是：「你賺到一次免費的爽，還要我怎樣？下去。」被戲謔的新兵只有自認倒霉。

九月中旬，天氣炎熱的中午，甘蔗園失火了。不是一處著火，而是東西南北各蔗田都烈火衝天。迅速的向四周甘蔗田漫延。兩部消防車停在茶室大門口圍牆旁。十多位消防員站在路旁待命。鳳山五甲路，交通受到管制。

茶室沒在辦事的服務生，都站在外側走道看風景。大家在聊天。原來甘蔗採收前，要先放火燒掉葉片，我對同袍說，要偷甘蔗吃，需再等一年了。

放火燒蔗田的第二天。卡車載來了頭戴斗笠、手腳包護套，臉蒙布巾的採甘蔗工人。無法分辨是男是女。在烈日下，這百位採蔗工分工合作，不數日，圍牆四周，變成空曠的大地。我們也見到採蔗工，漸行漸遠。甘蔗園全部消失了。

今年三月份，台灣全國流行性感冒，服務生和衛兵有一半感染而生病。丁團長來連上參加朝會，一再強調，服務生要「砲哥」戴保險套。雖然每週一，衛生連來給服務生下體分泌物採樣，依然有人中鏢。梅毒、下疳，淋病、菜花……一接通知，這位中鏢的服務生，停止接客，接受打針治療。服務生也怕染病，打針一週，身和心都疼。

強制要「砲哥」戴套子，都會反彈。「我又沒有病，為什麼一定要我戴套子？戴了套子，幹起來不爽。」有了糾紛，我就必須去當和事佬，我總是那一句話：「這是規定，防止性病傳染，要玩就必須戴套子，否則可以下樓退票。」大部分都能接納我的輔導，少部分用拳頭威嚇我。我也不必惡言相向，我吹哨子，衛兵全部衝上來，不管你多跋扈、來了幾位砲哥相挺，總抵不過我們數十位衛兵和憲兵。鬧事者都帶往管制室，登記名字、連的番號和電話，然後驅逐出茶室大門。

每年這近一千位服務生，也要做健康檢查，X光和血液、尿液檢查，對她們的健康，陸總部也很關心。尤其飲食方面，和是否受到身心虐待。調查人員，購票進場，一次來數位，和服務生在房間深談。我們連長怕服務生亂講話，他怕肩上的一顆梅花殞落成三條木槓。

鴛鴦戲水

新曆九月中旬了，天氣依然炎熱，天天34～36度，快要熱死人了。特約茶室的三樓屋頂是水泥蓋成的，太陽直接照射一整天，牆和鐵欄杆，碰不得，會燙傷手。三樓尤如蒸籠。中午，砲哥和服務生辦完事，二人汗如雨淋般，服務生脫光光在浴室沖冷水。砲哥在廁所，捧水潑臉，雙手在水龍頭沖。服務生會拿臉盆盛水，潑在走廊和房間地上，水潑了大約五分鐘又乾了，乾了再潑。一些砲哥也幫忙提水潑走廊、地下和水泥牆，二、三樓都濕淋淋的。氣溫大約可降下五度吧。每天從大門口買進來的各種冰品，要兩三百包．冰塊整塊抬進來。連長站在中山室門口看，沒有任何表示。衛兵起初怕被刮鬍子，久而久之，大大方方去買冰塊。

汪姊最肯花錢，每天花在冰塊的錢約五六十元（是一個國小老師的薪水）。她買冰塊一部分自己吃用外，大部分送鄰居。我和同袍用竹子做的大籮筐去大門口抬冰塊、買剉冰、抬台東來的大西瓜。

夏天連上晚點名是九點三十分，如果不是連長、副連長出現，皆沒有訓話，草草結束。一解散，這一百多名充員兵，除值班的外，天熱無法留在寢室，部分留在中山室看電視外，有人去籃球場打球，沒有電燈，也玩得不亦樂乎。廚房喝酒是酒徒之路，上二、三樓鬼混是色徒，在會客室玩牌的是賭徒，不到十二點以後，沒人上床睡覺。

我也在三樓950室看書，吃汪姊煮的紅豆湯或綠豆湯，在冰箱冰鎮得很涼。我和汪姊約定，她看小說，我複習高中課本，不要聊天，到十二點正關燈睡覺。

午夜氣溫稍降，有二台電風扇可吹。關了燈，如果兩人沒「性趣」，會很快入眠，也很快天亮近六點。假如妳吻我，我碰妳，雙方互相性挑逗，沒多久，不是我騎在她身上，就是她在我身上。至少三十分鐘的搏殺，搞得兩人汗淋淋，雙方都享受到高潮，才罷休。今天雙方玩到累，看鐘深夜一點了。她穿上套裝，拿臉盆、香皂、毛巾去浴室沖水。我也去男廁所，洗臉、洗手和腳。

我到女浴室偷窺，只有汪姊一人在抹香皂。反正沒有其他人，我就進入浴室。汪姊捧了一盆水往我身上潑，我全身都溼了，我也拿起地上的臉盆盛水潑汪姊。小弟，別弄溼我的頭髮。我才不管，往她全身潑去，她又盛水潑我，兩人玩水戰。我把汪姊逼到最內側，忽然有人從後面偷襲我，來勢洶洶，一盆又一盆。我發現有三位服務生，她們也來洗澡，參加水戰，和汪姊同一國。四對一，我吃虧，我喊暫停。

我說：「妳們三位衣服尚未溼，要水戰脫下衣服，歡迎參加。」她們異口同聲：「童子雞你也脫光才公平。」我說好，反正溼了。我先脫掉上衣，她們三位很快脫光。我看機會來了，衝向前，跳進水池，捧水就向任何一人潑水，我沒脫內褲，和她們玩心機的水戰，潑了一陣水，我拿了上衣逃回950室，但房門上鎖，我沒鑰匙，站在走廊等汪姊回來。我擰乾上衣穿上，不久，汪姊回來打開門，我一進屋內，就脫得光光，將內褲再擰乾，掛在牆上，躺床上睡覺。

汪姊說：「小弟，你好狡猾，三位服務生給你看光光，你穿著內褲跑掉，這幾天你小心，她們要復仇，發誓要將你潑成落湯雞。」

「汪姊，我問妳，如果我當時也脫光，妳有什麼感想？」她說：「我心裡會不舒服，你那麼隨便。」

天賦異稟

我經過034服務生門口，看到休息的牌子已掛了一週。門沒關。我敲一下門，「034，我童子雞啦，病有沒有好一些。」我走進房間，她在聽收音機。笑著回答我，每天打盤尼西林和抹軟膏，效果不彰。她一面說一面脫下三角褲，掀開裙子要我看。她扒開外陰部，我看到在陰道口長滿如葡萄一串腫瘤。她又說：「小便濁熱，醫官已安排去802總醫院住院，要用電療燒，可能會很痛。」我說：「痛會給妳打麻醉藥，不要怕。」

我到汪姊房間，告訴她034染「菜花」，她脫褲子給我看。她一聽馬上翻臉。「小弟，你真無聊，菜花是一種菌毒，一沾到手，如果再摸你自己的陰莖，馬上感染上。你給我下去洗澡再上來。」

回到管制室，值星官告訴我，我已排到輪休，要填假休。我問可休幾天？台北兵一律五天。

我說：「坐車就花去兩天，剩三天時間不夠。」

「要休七天去找連長批。」於是我去找連長。

「報告連長，我葉祥曦。」

「進來，什麼事？」

「休假五天，我坐車來回就用去兩天，可不可以多加兩天給我。」

「葉下士，回台北再代我買一斤鐵觀音茶葉，回來我給錢。」「報告連長，錢不用給，兩天假要給。」我馬上拿到批好的七天假單，交給值星官，晚上晚點名就能領到差假單。

我高興地奔跑去告訴汪姊。她繃著臉說：「小弟，你可不可以不回台北。你一走七天，我這七天好寂寞，會想你。」

「我回去拿這年度聯考試題，及一些補習班模擬考題。」

「你少藉口，還不是回去找你女朋友郭佳惠。」

「姊姊，妳講理些，晚上我一定上來陪妳，我本來想坐夜車。」

那一夜，十一點和汪姊就開始做愛，我要戴套子，她說月經剛過，是安全期。睡到三點，我們起來小便喝水，天氣仍然熱，聊天一會兒，汪姊又爬到我身上。天熱兩人都裸睡，我讓她盡情享受，她要忍耐七天的孤單寂寞。五點十分，我起床預備穿衣服，天也亮了。她又拉我上床，要我再做第三次。二十歲有用不完的精力和精液，我洩完精，在五分鐘內，陰莖又能挺起，再幹再射精。和汪姊第一次做愛受傷，休息半個月，傷好的那天，我們在十六小時做了五次。次次射精，我讓她日日笑顏綻開，她日日要，我也能應付她、滿足她。古人說的狗公腰，陰莖天生粗大又長，我就是天賦異稟的「幹王」吧！

相思病苦

在火車上，中午買便當，發現皮夾內層有一疊百元鈔。早上買火車票，匆忙中沒注意到。這一千元是汪姊昨夜我睡著時放進去。我心裡充滿感激，她真心愛我。我問自己我能接受嗎？我父母對外省人很排斥（二二八事件影響），況且她又大我七歲，又不是處女給我。我這一千元要從薪水中扣還給她。不能接受她的恩情，以後無法自拔。

回到家，首先交給母親一千五百元，告訴她是我的薪水。到二哥木箱加工廠，二哥說，木料一直漲價，利潤越來越薄。我告訴他，剛交給母親一千五百元，先去買木料積存。在二哥工廠做到晚上吃飯。打電話給女友郭佳惠，她妹妹說不在。

第二天休假，我告訴母親要去外婆家買茶葉。她交給我三百元和兩大包糖果、餅乾。見了外婆交給她錢和伴手禮，並請她給我一包鐵觀音茶。她從庫房拿三包給我。我急著回家，外公問我：「快退伍了吧？」我說：「還有一年半。」

我代二哥運了一車的木箱去中和，交完貨回來已六點。和家人共晚餐，一面聊軍中事，一面吃飯，非常愉快。我打電話給堂妹阿貞，說七點去她家拿資料。

在三叔家泡茶聊天，得知堂弟今年考上台大法律系。本可以考上醫科，他沒興趣。三叔家的小孩全是台大畢業，和正在就學。我真慚愧，三叔鼓勵我，在軍中多看書，不要荒廢時間，充足的準備，好好考個大學。我們聊天中，我透露我服役的特約茶室祕密給三叔知道。

「在鳳山五甲路設有第二軍團的軍中樂園，服務生近一千人，門票，士官兵十三元，軍官十八元。我在那裡站衛兵。」

他告訴我，他被調去菲律賓當日本兵，也是下士侍從翻譯官。跟著一位上校酒田榮一，他沒上過戰場前線，他們是後勤補給單位，直到日本一九四五年八月投降，美軍接收菲律賓，他成了俘虜，關在俘虜營三個月，就被美軍軍艦送回台灣。

在菲律賓也有一處慰安婦所，大約有一百多人。來自日本、韓國、台灣、菲律賓等婦女，門票士官兵二元，軍官四元。台灣兵每月薪水才十五元，沒人會花二元去玩慰安婦，都是日本人在玩。

休假第六天，我仍然在二哥工廠幫忙釘木箱，連打三通電話，才和郭佳惠聯絡上。我要她晚上老地方見（國小操場），她說有事沒空出去。我發現，她來信簡短，已沒往日的熱情。電話中充滿無奈，想要快結束談話。掛了電話，我自己對自己鼓勵：天涯何處無芳草，反正我也背叛了妳郭佳惠，我不再是處男。

回到連上銷假，給連長、副連長、輔導官各一包茶葉。沒有參加晚點名就去汪姊房間。一見面兩人抱著深吻。

「小弟，你回去的第二天，我就開始喝酒和吃鎮靜劑，晚上安眠藥要二顆才能睡著。你說我多痛苦，又無法打電話給你，和你聊天。天天盼你早日歸來。我知道，我自己在精神方面有病，可能是躁鬱症。」我說：「我安排妳去看精神科醫生。」

汪姊面會

我帶兵十位，在廚房大清潔，洗地板，泡好肥皂水，倒在地上，拿掃帚猛搓，我負責提水沖地。玩得不亦樂乎，全身也半溼。忽然有同袍騎單車來叫我，丁團長和連長召見。中山室來了一位大官要見你，說認識你。我猜想是否謝天山的爸爸。我整理好服裝，坐在腳踏車後座，回到中山室，見到丁團長、連長、副連長、輔導官及一對慈祥高貴的老夫妻，大約五十五到六十歲之間。我大聲喊，長官好，並行舉手禮，人也站得筆挺。我見到950室汪姊依偎在一位貴老夫人的肩上，對我微微笑。用我聽不懂的上海話和她交談。老夫人對我猛盯，從頭到腳，點點頭。只聽懂英俊少年，很好。

丁團長又在介紹認識我的經過，告訴這對夫婦。連長、副連長、輔導官也重複說我的好話。彷彿我這「天兵」變成國家未來的棟樑。我猜出這對老夫婦是汪傳嫻的父母親。我心裡開始忐忑不安，作賊心虛，我上了他女兒床。汪姊不知告訴她爸爸媽媽哪些話。汪爸開始問話：「哪裡人？」

「台北三峽。」

「哪學校畢業？」

「中和南山高工。」他皺皺眉。

「還要服役多久？」

「剩一年十一個月。」

「謝謝你對我女兒的幫忙和照顧，退伍有困難可以來找我。」給了我一張名片。他又對大家說，前數日才和國防部長陳大慶一起吃飯。

他對連上長官說：「有什麼需要在部長前說話，寫報告給他，他會盡力幫忙達成。」我想，是指升官這件事吧！他們一群人去鳳山的鳳園餐廳吃飯。我又回廚房玩水。

中午兩點，我和同袍抬冰塊到三樓給汪姊。私下問汪姊：「我們的事，妳告訴妳爸爸媽媽了嗎？」

「神經病，這種事能說嗎？」

「我不敢再上妳房間睡覺，妳爸爸媽媽可能在懷疑我們。」

「我只是告訴他們收了你做乾弟弟。」

「妳爸爸是立法委員，那是什麼官？會認識國防部長？」

「我也不清楚，反正我爸爸在大陸就是縣長，反正他和政府官員有往來，我們住在台北上海路（後改名為林森南路）的房子，也是公家配給的官舍。小弟，別擔心什麼，反正有事，丁叔叔會照顧我，你有空就上來陪我。」

雙十節

今天是民國五十七年的雙十節，台北總統府前有閱兵，晚上有放煙火。在茶室只有大門口插了三支大國旗。全連停止休假外出。八點門一開，阿兵哥有秩序地排隊進來。不久，售票口擠滿人，「砲哥」們圍著櫥窗看大頭照。要選一位自己喜歡的美女，享受十五分鐘歡愉。

九點左右，服務生搖電話來管制室。走廊擁擠，交通不便。中山室待命的衛兵，全部出動執行驅人任務。手中沒持票者，全部趕下樓。持票者需到選的房間門口站。

特約茶室建築道路設計是：縱線十一條走道，橫線六條走道，相隔每二十五間房子前有一浴廁。砲哥最喜歡擠在女浴室門口，聊天和抽煙，有服務生出入捧倒水，門一開，可以窺見服務生裸體洗澡，如此影響服務生出入。

有老芋仔士官，在部隊閒差無聊，幾乎每天報到。買一張票，在二、三樓站一整天，找服務生聊天，當然也會買冰、零食請服務生。我們怎麼驅趕，他們就是不走，我們和服務生叫他們「奧客」。另有台灣充員兵，也是整天在茶室鬼混。我們驅趕，會躲廁所、服務生房，和我們玩捉迷藏、躲貓貓遊戲，縱然趕下樓，他又買一張要上來，一張票才十五元。我們又能如何。如果樓上實在人太多，實施管制。下樓幾人，上樓才幾人，控制上樓人數。由此可見，八三么特約茶室，假日生意有多好。

我從資料得知，一位服務生，一天十二小時服務，最多三十七張票是紀錄，服務生如此賣力賺錢，常常有人向我訴苦，陰道發炎、外陰紅腫。我會請醫官上來治療。她們最需要的是精神安慰。平日拉我進房間，談她的家人、小孩，聊一些家事。我最常聽到的一句話：「『童子雞』你當我男朋友，好不好？」或是「童子雞和我打一砲。我需要你安慰。」我常反駁：「妳一天要幹幾十次還不滿足？」她們會說：「那不一樣，我要和喜歡的人幹，才會舒服滿足。你長得漂亮，是我喜歡的那一型。」

柒

這種像市場人擠人的地方，如果喜歡安靜看書的人，一定受不了，沒有一分鐘安靜。開關門聲、說話聲、吵架聲、走路聲。我知道汪姊的苦處，每遇假日，她連上廁所都不敢。她一外出就有砲哥會問，妳幾號？我去買妳的票。汪姊進房間，砲哥就猛敲門，要汪姊出來聊聊天。砲哥看到大門掛休息牌不接客，在門口徘徊。汪姊年輕、漂亮、衣服穿著高貴，吸引砲哥纏鬧不休，尤其老士官鬧到連長室，追問汪姊怎麼永遠掛休息牌。連長馬上將她換房間。我一有空就進950室陪她聊天，要她不要吃鎮靜劑、安眠藥。去廁所我陪她、要出來抽煙，我在她身邊。這些嫖客懼怕我。我常招來同袍五、六位護花。

對於避孕這方面的資訊我很膚淺，我問汪姊：「服務生在嫖客不戴套子也服務，我來茶室九個月，沒聽說服務生誰懷孕。」

「小弟，她們來此服務之前，強迫在醫院裝了子宮避孕器。」

「那麼汪姊妳怎麼沒裝？」

「我拒絕此手術，我來時，我父母已和陸總部人商量好，不用去醫院作此手術。」

「汪姊，妳沒接過客嗎？」

「小弟，相信我，我活了二十八歲，和我有性關係的只有兩個男人，已往生的男友及你。我服完刑已三十三歲，我不想結婚，一自由我去美國，忘了痛苦的過去。小弟。你如果肯娶我，我就會留下來，你會嗎？」

「不可能吧，年紀相差太多，妳又是外省人，我父母不會接受妳。」

「小弟，你的誠實真可愛。」

不管汪姊問我多少次，或是用金錢誘惑我，我都誠實回答。她和我都失去自由，彼此照顧，互相愛憐，她只是我性的啟蒙導師。

新官上任

晚上晚點名，連長宣佈，他榮陞架設營副營長，一週後辦交接，我們全連鼓掌。他說了一些惜別鼓勵的話，話中充滿高興，他的歡愉也感染了全連士官兵。

第二天，豬販來載走三十多條豬，大小都賣。第三天魚販來下網捕魚，四個水池魚都捉光光，一條也不留。一些可以殺來吃的雞鴨鵝，通通不見了，只留一些小隻的。我問輔導官：「連長有權處理這些連上的財產？」他告訴我：「這些飼養的家禽家畜，不屬於公家財產，他賣了可以分錢帶走。」我心裡想：真不公平，用連上的廚餘養的家禽家畜，應該在年節，殺來給全連和服務生加菜。

新來的連長，是二軍團步兵連副連長榮陞。很年輕，三十五歲姓陳，他朝會時對我們訓話。「我在官校學的是如何帶兵打仗。來到衛兵連，是負責一群女人的安全，及營業成績好壞，剛接業務一切不熟悉，你們大家指導我。前三個月，我跟你們學習，一切照舊行事，三個月後，我從中改進不良弊端。」

新到的陳連長，每天三次上樓巡視，也和服務生親切聊天，問服務生有什麼訴求，要改進什麼。手上拿了筆記本，有人提出，他就一一記載。人人都說「新官上任三把火」。我們全連阿兵哥，每個人戰戰兢兢過日子，不敢到樓上鬼混，晚上也不敢上樓過夜，因為陳連長都留守連長室。

丁團長來茶室和我們共聚早餐，餐後幹部會報，與我們小兵無關。值星官和班長參加會報，指定我代理班長，我將全連一百多人分十二組打掃全茶室樓下四周，我對他們要求迅速乾淨，在九點前結束，不可一面打掃，嘴巴叼煙。派在大門外的打掃人員，不可嬉戲，帽子不可歪戴，常有高級長官的車經過，我騎單車，一區一區的督促。

九點半會報完畢，全體長官上樓巡視作業情形。秩序良好，衛兵和補票員都很認真的執行勤務。丁團長在十點前離開。我們聽到星官哨音集合後解散，放回打掃工具。大家各找自己的娛樂，上衛兵的已在十點前去交班。我回到辦公室看書，複習高中化學課本。

從養豬場買回四十多隻小豬囝，有黑有白，又開始養豬了。在一週內，四個水池放養了魚苗，小雞鴨鵝囝也補進來了，編在廚房工作的曹上士，他忙碌起來，沒有時間開收音機聽平劇，唱平劇了。

中午，我自動上二、三樓幫忙收便當盒。乘空檔去見汪姊，她告訴我，丁團長和新連長有來看她，丁團長交待新連長好好照顧她。汪姊問我能否留下來，我說正在收便當。她吻吻我，放我走。

黑白無常

「屄是一樣的屄，臉蛋分高低。」這是售票員游士官長常說的一句話。大家都買臉蛋漂亮的票，醜女乏人問津，進了房間，褲子一脫，還不是毛下一個洞。

十一月份了，秋天到了，來茶室打砲的阿兵哥漸漸少了。這種生意，無法打廣告招攬，只能順其自然。大門賣冰的攤子，老板娘們在玩四色牌。

又補進一批新來的服務生，我們衛兵要分配房間、棉被、毯子、衛生紙、照相（作櫥窗用）、拖鞋、毛巾、臉盆。然後登記在管制室資料冊內。

分配到912室一位奇特的服務生，年紀在三十五歲左右，她右半邊臉長有黑色的胎記，老天和她開了一個悲慘的玩笑，用一個醜字來形容她不過份。很快912有一個綽號「黑白無常」。

幾天後，我依例去拜訪她，和她聊天，了解來茶室生活能適應否。她告訴我，嫖客買她的票，見到人回頭就走。五天才接了七個客人，而且全都是老芋仔。她很想多接些客人賺些錢，問我有什麼辦法幫她。我苦笑的告訴她：「我回辦公室和長官商量，想出一個方法幫妳。」

回到辦公室，和輔導官談這件事，他說唯一整容，什麼辦法也沒有。我又回三樓告訴她沒辦法。唯一安慰她，順其自然吧，有客就接，樂得清閒，建議她買台收音機，聽廣播、聽歌仔戲。我到汪姊處，借了一台電晶體收音機，拿給912服務生用。

停留在汪姊房間，不敢太久，怕連長找人，有時兩人性起，速戰速決，都在三十分鐘內，一個月以上，沒有在950室過夜了。

服務生彼此打架，或打群架，在這裡如每天喝開水，不必重複寫出來。可是這次不同，雙方加起來有六十人，而且連長說要法辨，非整頓一次不可。我和輔導官陪他上樓來。連長由衛兵提供的資料，把337、333、341、303、505、521、545、580這幾位大姊大，帶到中山室詢問。下令醫官上樓診治受傷者。這八名服務生進禁閉室餵蚊子。

連長到二軍團，參加軍官三民主義講習，受訓時間一個月，全連小兵「暗爽在心裡」。沒想到白天不在，晚上回來參加晚點名，還留宿連上。大家都幹得牙癢癢的。尤其是我，無法在晚上上樓睡覺。我問輔導官連長是不是還沒有結婚。他說他的小孩三個都上小學了。那為什麼一個多月來沒回家？可能住台南眷村路途遠些吧。

連長下令我去把禁閉室的服務生放出來，已關五天。沒洗澡、頭髮凌亂，各個狼狽不堪。平日的囂張跋扈全沒有了。一放出來第一句話是：「童子雞，去弄幾根煙來抽。」我要同袍每人給一根煙。

誰說女人不罵髒話，「X你娘」、「X死你北」、「你家死光光」，上樓每個服務生咒罵不停。

老芋仔硬上

聖誕節快到了，連續下了十多天雨，甘蔗園開始在翻土，用牛拉犁，牛有黃牛、水牛，分成幾十條牛在工作。我們站在樓上觀看。田裡的農人也回頭看我們。

我正在325室面浴室修水龍頭，有服務生告訴我，321室服務生和客人吵架，我放下工具去處理。321服務生站在走廊上氣呼呼的告訴我，房間一位老士官整她，她不接客了。我進入321室，看到一位脫光光站在床沿抽煙的老士官，我問什麼事，班長？他說：「這娘兒服務不好，她要補票，我已補二次，她不讓我幹，我尚未射精。」手指著自己的屌，硬梆梆，翹得很高。我出去和321服務生溝通。

「喂，321，老芋仔也補了二次票，妳怎麼不給他幹？」「童子雞，你看不出來嗎？那死老猴吃了藥才來整人，給他插了四十五分鐘，我又腫又痛。」她掀裙子給我看，321服務生死也不肯進房間。我進房間和老芋仔溝通。

「班長，你幹了人家四十五分鐘，服務生陰部受傷了，無法再為你服務。你換一位服務生吧！」他不肯，乾脆坐在床上。我去叫憲兵和二位同袍上來。憲兵對著老芋仔下令，穿上衣服和我上憲兵隊。衛兵拿手銬作勢要銬他手和腳，他才起來穿衣服，口裡罵個不停。憲兵將老芋仔押出大門。我對321服務生說：「下午要休息，還是繼續做？要不要請醫官來看一下。」她說不做了，陰部很痛，叫醫官來擦藥。我很同情這位服務生，年紀大約二十出頭，個子嬌小。

馬上風

我在管制室和值星的同袍哈拉聊天。電話響了，991室有位老士官生病了，我馬上奔上三樓，服務生見到我，一直發抖地說：「老芋仔死掉了。」我進房間，一位老芋仔士官睡在地上。我馬上搖電話要醫官快來。醫官來診視後說心臟麻痺，已經死掉了。我又搖電話去管制室，要六位衛兵上來，將這位老芋仔士官抬下樓，上了3/4卡車，送去二軍團醫院的太平間。

991服務生要求換房間，我去管制室問值星官，他給我952的空房間鑰匙，我帶二位衛兵上樓打掃，將991的衣服用具器皿搬到952，952和汪姊差二間房。我又去售票口更改大姊相片號碼。和售票的老芋仔士官談天，班長說：「這樣過分的興奮，引發心臟停止跳動，叫做『馬上風』。每年都會發生一、二件，死的都是老芋仔。」

幹王

連上有位老兵叫簡茂松，南投人，簡台語叫「ㄍㄢˋ」與幹同音，我們大家叫他「幹王」。他老兄每週兩、三次買票給服務生捧場。幹王是上等兵，每月薪水兩百二十元，幾乎全部花在服務生身上，他老兄長得「一元垂垂」（台語：一臉土相），無法成為服務生的入幕之賓。可是就是愛此嗜好，只要服務生開口，他老兄不讓服務生失望。

他不會固定找某服務生，每月簡茂松的姊姊會寄現金袋掛號來支援他。我一收到信，在中山室呼叫簡茂松現金袋。大家都在笑，大家心裡都有明白，家裡寄來的錢，都花在打砲和請客上。

惡女們

早上，輔導官臨出門交待我，他有事要去軍團部開會，要我留守辦公室不要外出，中午會回來。來特約茶室服役已經一年二月個月。常看到輔導官翻閱一本卷宗，夾子外寫極機密。

我知道那是服務生的原始資料。好奇心作遂，我將門片暗扣鎖好，從輔導官辦公桌的抽屜，翻出原始資料夾速翻閱。

001黃X香，二十七歲，住台北市XX，吸毒，刑期八年。在二十五分鐘看完一千多名服務生的資料，我發現有三分之一的服務生，在社會上原本就是無照妓女、老鴇，多次被警察逮捕，成為累犯被法院判刑，強迫到此做服務生。更發現900號房的阿嬤級服務生，都是暗娼、老娼頭，這些人，在理髮廳、旅館、飯店、按摩院、地下茶室、公園，販賣自己的肉體，換取金錢討生活。難怪我在浴室修水管、清水溝，她們依然光溜溜的沖澡，在我面前小便，何謂廉恥，她們早已忘了。更有一些服務生，煙癮很大，出口成「髒」，一看就知道在黑社會混的大姊大，身體刺青，讓人感覺她不是好女人，厭惡在心裡。有一位最可惡的女人，販賣嬰兒。偷偷拐騙小孩，以數十萬賣出國，重刑十五年，她還是一位護士。

有情好男人

江復平從宜蘭來看320室富美。他辦會客在中山室和同袍聊天，我過去和他打招呼。

他告訴我憲兵不讓他上樓，我看錶九點四十五分了，再十五分鐘衛兵交接。下一班憲兵，我希望是認識的。

「阿平我帶你上樓。」順利的上了樓，我將阿平推進320房間，富美服刑期不到一個月了，阿平要來接富美去宜蘭。誰說男人都無情無義，江復平就是典型的好男人。

偷看原始資料之後，我到二、三樓看到服務生，能分辨出哪些人原本就是妓女。回想剛來茶室報到，就是這些妓女服務生作弄我，掀裙子讓我看陰毛，偷摸我下體，在浴室門口，一群人要強姦我。現在變成老兵了，她們已對我失去興趣，對新來的菜鳥，玩相同的遊戲。我猜想，一定有不少處男在此破功，就像我一樣。這裡是性的教育速成班，也是男人成長過程，必修的課程。

再戰汪姐

由於東北季風及大陸吹來的冷氣團，十二月份冷颼颼。服務生的房間，門都關著，因為沒有客人。從資料統計，平時每天售出三百多張票，假日一千多張票。天空晦暗、陰雨綿綿，誰會冒著這種惡劣的天氣來「打砲」。

在連上的中山室和房間的寢室，同袍又開始玩牌。我向一位郝士官長學下圍棋。我沒被派公差，樓上好久沒上去了。連上的長官除了出來沖茶和上廁所、吃飯，一直躲在自己的房間兼辦公室，連晚上晚點名也免了。衛兵輪值，為服務生打飯送飯的固定工作，誰也逃不了。

民國五十八年的元旦，天氣放晴，全國放假三天。茶室又恢復車水馬龍，我也上樓巡視。看到甘蔗田已插好了蔗苗，感到驚訝。

我到950室汪姊處探望。

「小弟，你好久沒上來了，早忘了我吧？」

我感到尷尬羞愧。我翻閱桌上一疊英文原文小說，汪姊遞給我一杯熱茶，問我可以留下來陪她嗎？我說：「還有事要做，晚上八點到十點衛兵，我看情形是否能不參加晚點。」

下了衛兵，到寢室、中山室繞一圈，大家都上床睡覺了，才溜上三樓到汪姊房間。我有汪姊房間鑰匙。汪姊睡得很熟，脫了衣服躺在她旁邊，我聞到很濃的酒味，我猜想她服了安眠藥，才會睡得那麼熟。抱著她，不久也睡著了。

有人吻我，將我弄醒。

「小弟，我不敢確定你會來，我服了三顆安眠藥早點睡。」她開始脫我內褲，猴急地爬到我身上，將我的老二塞進她的下體。趴在我身上猛挺猛搖，深深地狠吻我。十多天兩人沒做愛了，真的古人所說「久旱逢甘霖」。哀嚎、呼叫、喘息。一次又一次痙攣。三十多分鐘後才躺下來，我任由她去玩弄，也配合她挺腰逢合讓她高潮排洩淫水。我起床戴上套子，該我修理汪姊。足足十五分鐘的衝鋒，讓她驚呼、咬牙、搖頭如波浪鼓。不再忍精，一洩而出，滿滿一袋的精蟲。

我才剛滿二十歲，也才學會性技巧。平日運動量充足，體力好，汪姊被我整得臉色慘白憔悴。她常說：「小弟，我遇到你這魔鬼，不死也半條命」，滿足高興洋溢在她臉上。我看鐘，五點十分了，在痰盂小了便，穿好衣服下樓，汪姊累得呼呼大睡。

青春早逝

正月二日，茶室生意興隆，服務生在房間和浴室出出入入，衛兵也忙燒熱水供應，送衛生紙、保險套。補票員背著袋衝過來衝過去補票。

有服務生搖電話到管制室，115服務生生病嘔吐，暈倒在浴室。我和醫官上樓查看，診視後決定送802總醫院治療。醫官和一位衛兵陪伴去802醫院。經802醫生診斷是急性肝炎，辦理住院。

三天後，衛兵自己坐車回茶室向值星官報告，服務生在中午病逝。我感到非常震驚，這種「猛爆型肝炎」這麼厲害，三天就奪走人命。

115服務生本名張秋霞，三十一歲，台北人，吸毒累犯，刑期七年六個月。生命如此脆弱，數天前和我有說有笑，今天變成僵硬的屍體。那麼年輕，她家人接到惡耗，是多麼的傷心。

115房間因為衛生連來消毒，變成空房，短期不會有新服務生住進去。

臥底軍官

八三么特約茶室的建築，四面八方共有九條樓梯入口，只留大門正面左右二條樓梯，其他樓梯用鐵欄杆阻斷（鐵鍊加大鎖），軍官部的樓梯一上來二樓，有一條縱線的鐵欄杆，截斷和士官部相通的橫道走廊。每個通道也是鐵欄杆門，用鐵鍊和大鎖扣住。管制室有鑰匙可以開，我們大掃除時，全面開放相通。人在軍官部或士官部，可以互相看到作業情形。軍官部只有兩百個房間，只住進一百五十多位服務生。

軍官部消費比士官部貴五元（一碗牛肉麵正好五元）。那麼軍官部的服務生比較年輕漂亮吧？錯了，都是一樣，有老、少、美、醜。在軍官部來打砲的九成是老芋仔，服務生每張票多抽二元。但有服務生不喜歡老芋仔，就向管制官反應要去士官兵部。她也可轉去士官兵部服務。反之想多賺二元的士官兵部服務生，可以申請調到軍官部。有的服務生在軍官部被老芋仔糾纏不休，也申請調士官部。服務生和服務生一見面就吵或打，我們上級長官也會將其中一人調開，讓她們永不見面。服務生連調數回，我們長官都順其意。我在軍官部站衛兵，常碰到如此招呼：「童子雞，我又回來軍官部了」。我是士官階而已，平日不是站衛兵、出公差、修水管、清水溝，服務生有狀況，我很少上軍官部。

上級規定，買軍官票（十八元）穿便衣者，一律核查補級證，才准放行讓他上軍官部打砲。在士官兵樓梯入口，只要手中持票，穿便衣者，我們不再查補級證（大門已查閱過），任其上樓。

軍官部消費者，都能配合要求戴套子，而且和服務生補票糾紛比較少。我站衛兵，看到穿軍服來打砲的軍官，最高階是中校，穿便服的是上校，從未見過將官。

剛到兵連服役，站軍官部樓梯入口衛兵，無線電連的同袍求我，讓他上軍官部打砲，我和憲兵商量，讓他上去。此君是老行家，他會向補票員買補票。打完砲下來，我問他，軍官部和士官兵部有何不同，他說，軍官部小姐比較好，幹起來比較爽。如今回想，應該是多花了五元的心理作遂。

我常發現軍官穿便服，在士官兵部打砲（他可以省五元）。我存著「關我屁事」的想法，不舉發他違紀。

小丈夫

服務生為什麼要勾引衛兵成為她的入幕之賓，原因是為其私人跑腿，購買香煙、酒之類違紀品，連紙牌、檳榔、冰、香水、化妝品、內衣褲、胸罩、褲襪、電池、租小說等等，新進來的菜鳥兵，長得英俊、體格棒，尤其是沒性經驗害羞的處男，皆是她們獵取的對象。條件是免費性服務，又不限時間。如果雙方看對眼就勾搭上了。

服務生的年紀都大於台灣充員兵（最多二十二歲就退伍了），服務生以大姊疼小丈夫般的對待。不准別的服務生再勾引，佔為己用。衛兵隨時可以進房間和她共眠（如果有人舉發，將送軍法判刑）。

拉皮條

茶室的建築有十多年歷史，因為老舊開始在三樓屋頂漏水，沒請工兵來修，是高雄一家XX欣工程行來做。從十一月初做到正月了，仍未修好完工。原因是兩個月來綿綿細雨，下五天雨晴二天，工人有時來看看摸摸又走了。

修屋漏的技師來看工程那天，是我拿頂樓鑰匙開門陪他上四樓。第一次上頂樓，這裡又是一片廣大的天地。四個角落有探照燈、衛兵崗哨，地上爬滿水管通水塔、鍋爐房，再通二、三樓。有馬達間、儲藏室、儲油槽室、寢室、廁所。

我看到連裡二位老芋仔士官，正在燒熱水。我打招呼：「兩位班長好。」

「小鬼，你上來幹什麼？」

「班長，有技師來修屋頂，我帶他們上來。」

「小鬼，不要站在外沿，極危險。還有，東西不要亂動。」技師在地上用油漆作記號，一共做了十六個點，我們就下樓了。

天晴，工人來了八人，用電鑽挖作記號的紅點。我和二位同袍負責監視他們工作，中午飯後休息，八位工人在三樓和服務生聊天（打情罵俏），我和同袍也輪流下去吃飯。下午又繼續工作。同袍告訴我，有兩位工人進入服務生房間打砲，問我要不要報。我搥他一拳。

「報個屁！不要自找麻煩鬧事。」

工人天晴就來，下雨就休息。我和同袍放任他們在三樓嬉戲進房間。大家工作一久變成朋友，他們偶爾也帶來整串香蕉送我們。有一天，我問他們進房間打砲付多少錢。付五十元。

「傻瓜，我們阿兵哥才十三元而已。」

「錢不是問題，可以不可以介紹漂亮一點的妞。」

「這兒有大奶媽、黑珍珠、櫻桃姐、鳳梨妹、蘋果西施……等等。快點還有四十分鐘可休息。」

十一個工人，我全部安排他們進了服務生的房間，現金五十元服務生拿走。我這「皮條客」一毛未取。

甜姐兒

新來一位服務生，我們大家叫她「甜姐兒」，身材高䠷，玲瓏纖細的腰，蘋果般的臉蛋，初來那天不肯開門接客，我和輔導官進房間和她交談。她總是哭，哭腫了雙眼，鬧自殺撞牆。輔導官已放棄，要聯絡陸總部來接人。我再試一次。

「111服務生，妳在三天內要回原單位，妳原單位在哪裡？」

「虎尾監獄。」

「在這兒要看開人生，妳刑期多久？」

「三年。」

「那一年半就可以出去了。妳犯什麼罪進來？」

「票據法，兩千多萬跳票無法償付。」

「妳怎麼會向銀行和私人借那麼多錢？」

「我先生做食品加工，工人不慎引發烤爐爆炸起火，廠房燒光沒了。食品工廠負責人登記是我，所以就進來關了。」

「有小孩嗎？」

「一個才兩歲，男孩。」

「111服務生，妳也需要賺奶粉錢，開始接客吧，每次忍耐十五分鐘，賺八元。一天三十位就賺兩百四十元，一個月有七千兩百元收入。」她默默地點頭了。

我要售票員老芋仔不要賣出111服務生的票。起初她含淚地捧水進出浴室。三天後，才開始有笑容。我告訴輔導官，111服務生開始接客了。

在衛兵連，我算老兵了。服務生開始有人問：「童子雞，快退伍了吧？」我回答：「還有一年多，我服三年役的。」

「幹！童子雞，我剩十一個月，比你早畢業。」我無奈地說：「沒辦法，繼續啃饅頭，如果是兩年的，只剩一個月又二十三天。」她又說：「童子雞，你每天看人打砲，你不會想嗎？」我說：「會想，躲在棉被裡打手槍。」「打手槍傷身體，大姊隨時歡迎你進來，不用買票。」我說，「謝謝啦！」就離開。

捌

丁團長在連上開會時，建議恢復早晨的晨操。我剛到衛兵連報到，那時已近冬天，早上七點，衛兵上樓逐一敲門，要服務生出來做體操，管制室播放音樂，每條走廊前頭，都有一位衛兵做示範，服務生跟著做體操。冬天天氣冷，服務生拖泥帶水勉強站在門口，隨便跟著搖手擺腳，有的乾脆站著不動，等音樂結束，第一個衝回房間。值星官覺得效果不彰。服務生也抗議睡眠不足，體操就暫停。

現在又要恢復做體操，原因在服務生鬧胃疾，流行性感冒一來，幾乎都生病了。為了服務生的健康，也依陸總部的規定，開始做體操了。

阿英姐

很早風聞519服務生，在床上有功夫和特技。這位大家稱呼她阿英姊，四十歲左右，矮矮胖胖，皮膚稍黑。我同袍幹王買了她的票，要見識她的床上功夫。她要幹王將陰莖插入她陰道，人趴在她身上，雙手摸乳、用嘴吸乳隨你。她用陰壁吸你的陰莖，在三分鐘內，保證棄甲休兵，精液洩的光光。

幹王每逢有人問他這件事是不是真的，他會鼓勵問的人去試試看，技術一流又特別爽。同袍真的一個一個去挑戰（阿英姊說三分鐘不射精免費），結果真的有功夫。別的服務生要求她教這種床上功夫，她要一千元的拜師金。有一天，同袍告訴我，阿英姊要表演特技，每人買一張票可進她房間參觀。要衛兵先準備香煙、雞蛋、鴨蛋、乒乓球、香蕉、蓮霧。她一週表演一場，道具要觀賞的衛兵先購買好。

阿英姊表演的第一項：用雞巴抽煙。她張開雙腳，在陰部插一支煙，要人拿打火機去點煙，她用陰道吸氣吐氣，不久煙點著了，她用肚子猛吸一口氣，將香煙拿開，從她雞巴噴出一道煙。大家看了都拍手。

第二項：將香蕉剝皮（香蕉是綠皮未熟的），插入陰道，肚子用力，陰道夾斷了一截香蕉，一根香蕉夾成三段。分三次噴出來，而且吐得很遠。

第三項：將雞蛋放入陰道內，雙腿一合，叫人拿碗來接，蛋殼碎了，和蛋白蛋黃流入碗內。鴨蛋也是一樣。

第四項：用雞巴吃蓮霧，將蓮霧塞一半在陰道口，腿一夾，蓮霧缺一角，如此夾數次，蓮霧碎落滿地。

第五項：將五顆乒乓球塞入陰道內，然後將乒乓球，一個一個噴出來，射得很遠，大家鼓掌叫好。

我從偷閱的原始資料，知道阿英姊、黑珍珠數位都是無照妓女，在社會上從事性工作。

多毛姊

215室的服務生，桀驚不馴的脾氣與眾人不和，常嘴叼煙倚門站，睥睨路人。人長得五短身材，面貌又如村婦，故客源不豐，來捧場的砲哥都是慕名而來，聽聞她的陰毛從陰戶長到肚臍上。一些好奇客，花十三元上她的床，同袍中也有數位成了她的賓客。

「童子雞，去弄兩根煙來抽。」我向同袍要了兩根煙給她。

「童子雞，我有一位弟弟在澎湖服海軍役，和你同年吧？」

「哪裡人？」

「我卓蘭人。」

「卓蘭在哪裡？」

「在苗栗大湖旁，風景漂亮，有一個鯉魚潭水庫很大喔！」

我們站在走廊，開始聊起來，她十三歲國小畢業，父母將她以二十萬押十年到華西街寶島里做妓女。十年期滿，她到工廠當女工，覺得辛苦賺不了幾個錢，又回茶室作暗娼，並與一位保鏢同居。過了一年，她與姘夫在三重市豆干寮，招兵買馬自立門戶，旗下有十數位女郎。從一家私娼館變成三家。同居五年未曾生育，姘夫又找別的女人同居，和她分手。她自己經營一家，賺很多錢，回苗栗大湖買山買田，給四個妹妹、二個弟弟讀書，也為老家蓋了新房子。

「今年元月大掃黃，我的保護傘管區來不及通知我，我進了看守所，這是第三次進看守所，法院判五年徒刑，我就來這裡上班了。到這兒老娘要下海，一天賺不到一百元。幹！以前我一天賺一千多元。」她越說越激動。煙也抽完了，要我到大門口買包煙，我提條件，要她給我看陰毛。她脫下三角褲讓我看。真的耶！從陰戶到肚臍成一條線長著毛，天下真的無奇不有。

艱苦新年

今天是民國五十八年除夕，真的是王小二過年，一年不如一年。去年休假一天，今年改休半天。晚上也沒加菜，只有水餃和酸辣湯。服務生數人對我吐苦水。我雙手一攤，表示無奈。

正月初一，天氣變得晴朗，久未見陽光，今天給大家露臉了。早上朝會丁團長來訓話，要大家在十五天假期裡，認真工作，十五天後一定補假。去年連長至排長都溜光，今年換新連長，大家都留守。我們小兵在外值勤，這些長官在房間打麻將（兩桌）。我帶五個兵，在二、三樓巡視，維持秩序，將那些聊天阻在浴室門口的砲哥趕下樓。補票員東奔西跑，忙著給服務生補票。忽然有服務生叫沒熱水。我進浴室查看，池水變溫水不熱，我上四樓，二位老芋仔班長和另二位不認識的老芋仔在打麻將。我請他們快開鍋爐送熱水。這二位老班長忙打牌，忘了準時燒水。

我到９５０室汪姊房間探看，她在看金瓶梅小說，我叫她不要出來，要上廁所就在痰盂，走道都是人。她叮嚀我晚上來吃宵夜。我到軍官部巡視，這裡秩序比較好，雖然也有人和服務生站著聊天，總不會站在浴室門口擋路。服務生忙著捧水倒水，送走一個砲哥，又迎接一個砲哥。真是苦命女，到晚上八點才能休息。阿兵哥連續分批休假，這十五天特約茶室生意興隆。

特約茶室像夜市，人潮像海浪一波一波湧進來。我們雖然比平常忙碌，但是精神愉快，平日沒人來，天氣寒冷，服務生都關在自己房間，整棟房子像監獄，冷清清的。

今天來了十一封信是士官兵部服務生的，不管房間有沒有客人，我都往屋內拋信。兩封是軍官部服務生的。來到軍官部三樓，見到一位極年輕的女孩，她匆匆從浴室回房間關上門。咦！這位服務生，我怎麼從未見過，怎麼會有如此奇葩氣質的女服務生在此，我便敲門。

「191請開門，我是葉輔導員。」門開了。

「191你來多久了？我沒見過妳。」

「我來五個月了。」

「妳有什麼需要我幫忙的嗎？有的話請進來。」

「葉先生，我有事請你幫忙。」

「我，陳素素，二十二歲，泰籍華僑，兩年前隨一位遠親阿姨來台灣觀光，她要我帶一個皮箱入境，皮箱內夾藏十公斤海洛英，我被扣留機場，我遠親阿姨機警跑掉了，我百口莫辯的進入你們的監獄，父母請律師打官司，從一庭十五年，二庭十二年到最高庭十年確定，我開始服刑在台中監獄，後來簽了約轉到這裡來。葉大哥請幫我忙，我在台灣沒有朋友、家人，我好寂寞孤獨，連談話的對象也沒有，做這種丟臉的工作，我真想死，男朋友也棄我而去。」

她趴在床上哭。我拍她的背、安慰她。

「萬事只有忍耐。妳可以從買妳票的軍官，交一位當知心的朋友。」

「他們會和我這種人交往嗎？」

「妳可以試試看，找年輕妳喜歡的那類型。多給他時間和機會接觸妳。」

「葉大哥，你可以不可以常來陪我？我有好多心事要告訴你。」

「今天是假日，大家都忙，晚上八點，我再來和妳談天好嗎？」

晚上八點，我向輔導官報備，要到軍官部191服務生心理輔導。素素見到我來很高興。開始話說個不停。

「我家在泰京開餐廳，我有一個姊姊已嫁，有一個小侄女。我是家政學校畢業，在藝品店當店員。我從小就愛玩，我有一台125ＣＣ的機車，我走遍全泰國。我和男友交往三年多，他得知我將關十年，他來信不等了，自己保重。我被關得莫明其妙，我根本不知道，皮箱夾層有海洛英，我是被利用、被陷害。我對人生感到灰暗，為什麼我阿姨要害我。現在只有每月姊姊和媽媽來一封信，多久才能見一次面也不知道。葉大哥，你當我的朋友好不好？晚上十點，大日光燈熄滅，我好害怕，我都邀請隔壁的大姊來陪我睡。葉大哥，請你寫信給你們的國王，為我查清楚，還我清白，讓我回泰國好嗎？」

「素素，妳是全茶室最年輕的服務生，妳受的苦和冤枉我清楚，我來想辦法幫妳忙，向上級反應，是否可以重新調查妳的案情。目前，只有忍耐。妳每天收多少張票？昨天十九張，平日三到五張。可以適應嗎？」

「當初來時，常常陰道發炎、陰道紅腫，目前都能適應了，可能性感麻痺了。」

「想不想調去士官兵部，那裡年輕的阿兵哥比較多，妳可以交到一位男朋友關心妳。」

「好呀，葉大哥，謝謝你的幫忙。」

「素素妳比我大二歲，葉小弟才對，我走了，妳好好加油，想找我，走道有電話，妳只要搖幾下，電話通管制室，告訴他們要找葉輔導，我就會來和妳聊天，告訴我妳遇到的煩惱，要我幫什麼忙，買東西啦、寫信、寄信啦，什麼都可以。再見啦！」

第二天，輔導官就將陳素素調到士官兵部，我將她安排在750室和汪姊950室同巷道，隔兩個房間，也帶素素去和汪姊相識。

當天晚上九點，同袍通知我950室汪姊要見我。我一上她房間，她就拉我上床。一面脫衣服一面警告我，不能違背她偷吃，她容不下和別人分享我。我後悔將素素安排做她的鄰居和她相識，汪姊醋勁很大。在床上，她咬我，騎在我身上不下來，不管我感受，拼命的搖、衝、撞、用指甲掐我，在沒戴套子下，把我弄出精，我警告她小心受孕。她說：「都不想活了，還怕受孕。」我真怕汪姊生氣那種臉孔，猶如拚命三郎。

幾天後，汪姊送我領帶、皮鞋、手帕、一件綠色純羊毛線衣。我很感動，汪姊用情很深，容不下一粒沙，我成了她的禁臠，隨時有服務生盯住我，有沒有進750房間。

巧遇老友

今天真巧，在大門口碰到鄰居林聰寶，他在高雄高樹陸軍野戰部隊股役，已人伍一年。第一次慕名來特約茶室玩，要我介紹一位一級棒的服務生，我推薦750室素素，他買了票上三樓，750室門口已有二位在等，阿寶排第三位。我陪他聊天，我們哥倆小學五、六年級同班，初中考上不同學校，是鄰居常見面打籃球。高中我去讀高職，他去讀五專。

輪到寶哥進去了，我約他十五分鐘後樓下見。寶哥幹完，我們去大門口買飲料，又遇到另一位小學同學也是鄰居，陳俊勝。他現在在屏東龍泉海軍陸戰隊訓練中心做教育班長，再七個月退伍。三人又回去買750號。俊勝進去爽，我和阿寶在門口聊天等他。

十一點三十分，我帶寶哥和俊勝去廚房吃午餐。餐後，他二人各回部隊，相約下週日早上十點在茶室門口見。

我要去汪姊房間看書，都到素素房間問候一下。素素用期盼的眼神，希望我留下來陪她聊天。

「我已告訴妳，退伍要考大學，現在不能浪費時間，我才複習到高二下，還有很多書未看。」

我常在汪姊房間過夜，其中一次，我五點要回寢室，在走廊被素素碰見，她用驚訝的眼光瞄我，沒說半句話走進浴室。以前，她相信汪姊是我的指導老師，幫助我複習功課，如今看見我在她房間過夜，我想再如何解釋或隱瞞也無用，如果再問我什麼問題，我會老實的告訴她，她如果不問，就順其自然，希望素素快點勇敢地站起來，面對現實服完刑返回泰國。也希望她快在衛兵連裡挑到一位她喜歡的男朋友。

抓扒手

服務生都是犯罪入獄轉來的。竊盜在茶室是最令人頭疼問題，遺失錢、收音機、內衣褲、鋼筆。有人報案，就需處理。輔導官提供九個有竊盜前科的服務生給我，查了數次皆無所獲。服務生房間只有四坪大，放的物品也不複雜，發動全連衛兵總搜查，東西就是找不到。最後貼了佈告在走廊牆壁上，要服務生檢舉。

數位服務生向衛兵檢舉443服務生偷竊，我們也迅速進入443房間搜查，也查不出所以然，找不到。又有服務生提供，她偷來的東西都交給一位砲哥。這位砲哥是台灣充員兵。輔導官將443服務生調到軍官部，偷竊事件才不再發生。

唱歌樂

221服務生是台南姑娘，她有一支蝴蝶牌的口琴，琴技一流，常躲在房間吹奏。222室服務生是大陸杭州姑娘，有一個好嗓子，歌聲優美，倆人常在走道合作，一個吹口琴一個唱歌。她們常唱，採檳榔、淡水河邊、岷江夜曲、偷望、月光小夜曲、海山盟、採紅菱、挑夫、安平追想曲、愛妳在心口難開……一曲又一曲的唱出來，引來服務生圍觀。有人點歌，只要會唱，一定唱給大家聽，不會叫人失望。

我常邀請221出來走道吹奏口琴，第一曲，先由我主導來唱，接著服務生，有人要唱，先點歌名，221會吹，她吹口琴，點歌的人唱，大家輪流來唱。這種卡拉OK，引起服務生共鳴，大家都非常喜歡。我們一週唱兩到三次。

為了聽歌、唱歌，服務生離開自己的房間在走廊。砲哥買了票，到房間找不到服務生。搖電話向管理室抗議，排長數次來將我們解散，規定晚上八點到十點才准吹奏口琴唱歌。此段時間，服務生要休息，已失去唱歌娛樂的心情。

有服務生向輔導官抗議，沒有什麼可以娛樂。只有這種卡拉OK唱歌是唯一娛樂，也被取消不盡人情。後來准許週一到週五早上八點到十一點唱卡拉OK。有客人來，點回房間服務。最後訂星期一、三、五在每條走道輪流唱，別的走道服務生不可參加。這樣一來，砲哥來房間，可以馬上找到人。後來同袍拿來一支吉他，又多一種樂器，服務生有好幾位彈吉他。更多人參與唱歌，有人開始跳起舞來，場面更熱鬧。有一次，丁團長和連長也來參加，看我們表演。他們鼓勵服務生多出來唱歌、跳舞。

看遍祕穴

星期一衛生連來做體檢。來的衛生兵人員不足，快八點尚有901到1000的房間未檢，本連醫官被要求幫忙體檢，我做醫官的助手。我雙手捧鐵盤隨醫官進入房間。服務生自動脫褲張開雙腿，醫官用棉毛棒在陰道內壁挖黏液後，將棉花棒交給我，我將棉花棒放入玻璃管封口，寫上房間號碼。醫官用手扒開陰戶，用小手電筒照視，內外陰唇，檢查陰阜及陰毛，有沒有陰虱。

如此，我看了八十多位女性的性器官，一些年紀稍長的阿嬤級服務生，外陰唇猶如蝸牛肉般粗糙，內陰唇被拉的長長的如兩片耳垂。陰道口自動張開，猶如一個小嘴巴。汪姊的陰戶仍然粉紅色，洞口密閉，大小陰唇狹小，雙腿一夾，什麼也見不到。女性長期和男性交媾，陰戶全變了形。難怪年輕充員兵，絕不會買三十五歲以上的服務生。這些老服務生，每天只能站在門口等老芋仔士官。有時一天收不到一張票。

訂報

報紙有中央、聯合、中國、徵信、台灣、青年戰士……每月才三十元，一千多位服務生，只訂十六份報紙，管制室每天早上八點前，將報紙送達訂報人。十六份報紙互相傳閱，有時也會在女廁見到。偶爾也見到報紙上，寫滿司法不公平，對ＸＸ法官咒罵的字句。我們衛兵撿到，都當垃圾燒掉，不會追查誰寫的。

峰峰相連

民國五十八年五月一日勞動節，不是阿兵哥的假日，茶室今天平靜無奇，來的客人小貓兩三隻。天氣變熱了，服務生房間門都開了電扇也咔啦、咔啦吹著。服務生的衣著也清涼多了，有部分人不喜歡掛胸罩，兩個奶從衣服凸顯出來，走起路來搖呀搖，煞是好看，讓男人綺想非非。我們在樓上打掃時，都會談誰是木瓜奶、小籠包奶、包子奶、布袋奶……一面工作一面說笑。有同袍摸吸過某一位服務生的雙奶，形容得如吃過仙桃般，引誘別人去嘗試。

你賺到了

我已成為連上的老兵，尚有八個月就退伍了。走在三樓外側道，看外面甘蔗園，甘蔗又長大成茂密的蔗田。八位服務生從兩邊走道，追捕連上的同袍031白秀雄。這位新來的菜鳥，XX大學政治系二年級休學而入伍，在連上報到才10天。長得俊俏小白臉，他躲在我背後。

「088救命！這些服務生要幹什麼？她們怎麼一見到我就掀裙子、露下體。」

我告訴他：「她們喜歡捉弄你，沒事啦，別躲，男子漢大丈夫，和她們拼了。她們玩你老二，你摸她們的雞巴，你越怕，她們越不放過你。」

我們走到700室門口，031看到對面有男廁所，就衝進去。八位服務生跟進去。我站在門口。不久，031又開始喊救命。

「088快來！她們脫我衣服、褲子。」我走進去，有服務生擋住我。

「童子雞，沒你的事，出去！」我看到031被壓在水泥地上，衣服被脫光，四周服務生按住他雙手雙腳。有一位大姊大服務生在玩他的生殖器，用嘴在吸，用手搓弄。031用祈求的眼神向我求救。我一個人的力量，絕無法拉開八位服務生。

「031，我下樓找人救命，你忍耐些。」我慢慢的走下樓梯，向樓下衛兵和憲兵報告：

「031白秀雄正在被服務生打手槍。」他們二位哈哈大笑。我慢慢踱到中山室，我要同袍去三樓救031，地點在三樓700室前男廁所內。同袍有數位衝上樓。我也跟上樓。我看到衝上樓來的同袍，站在廁所門口嘻笑的當觀眾，並沒有人伸出援手，二位服務生阻擋住同袍。我揮手撥開服務生進去。看到那位大姊大正從031身上站起來，用衛生紙擦拭著自己的下體。服務生放開按住的手腳。我扶起031白秀雄，他尷尬羞紅著臉：「我被強姦了。」

服務生達到目的，歡笑快樂回自己房間。我與同袍陪031白秀雄下樓，我問031：

「你是處男嗎？」

「我不是。」

「那你賺到一次免費的性服務，很爽吧？」

殘障服務生

在八三么特約茶室，有三位服務生比較特別，她們是殘障，一位是缺左手手臂，另二位是小兒麻痺症，都是右腳萎縮（比正常的腳略小），走路一跛一跛。她們也是要捧水和倒水，長官為了她們方便，多分發了一個小水桶。當補票員的同袍，都會伸出援手，替她們去浴室提水。三個殘障服務生，有一個長得清純又年輕，售出的票多，看著她忙進忙出，我交待當值的補票員，在她房間附近走動，儘量幫她忙。她為人也挺客氣，一直說：「不用我自己來。」

我如在二樓305室前，都會多停留一段時間，怕她受到砲哥欺負。她脾氣很好，逆來順受，砲哥超過十五分鐘補票，她都忍住讓砲哥玩到射精，故來買她的票有固定客源。這三位服務生，我特別照顧她們，我主動去問她們：「我要去鳳山租書、買東西，妳們要不要我幫什麼忙？」每次見面，她們都先打招呼問候我，叫我窩心感動。

兵變

今天來了十七封信，其中有一封是自己的，寄件人是郭玉惠，是我女朋友的妹妹。折信時我充滿疑惑，怎麼不是女朋友本人來信呢？信中簡短數句，告訴我她姊姊嫁人了。

我受到「兵變」，女朋友背叛我了、我失戀了。心裡充滿哀傷無奈。我將信拿給汪姊看，她安慰我：「天涯何處無芳草，想開些，別留戀過去，就算二人緣份已盡，化悲憤為力量，用功讀書，考上國立大學，證明自己給她看。」

風騷女

718服務生，我來衛兵連之前她就在此服務。老鳥一隻，我偷閱資料，台北人，近四十歲。將自己裝成三十歲的模樣，穿著時髦，胭脂白粉將自己的臉塗得如小丑。說話裝模作樣，屬於風騷型。有人告訴我，她向砲哥索取十元，可以延長十五分鐘。砲哥和她辦完事，臨走之前，718服務生免費贈送一個吻。對年輕充員兵，她獻上殷勤和媚功，對老芋仔沒有好臉色，故老芋仔恨她恨得牙癢癢，向長官投訴。這件事委託我查，我無從查起，不了了之。

最可惡的是，別的服務生和砲哥拉交情，她也要參一腳，自我介紹718，要砲哥來捧場，她的條件是「好玩又不趕時間」。有時她故意掀裙子露陰毛引誘，如此這般，她不得人緣、眾矢之的。說打架，她幾乎打遍左右鄰居。

我剛來報到一週，獨自上樓閒逛，被她拉進房間。問東問西。脫下奶罩，挺著雙峰，問我漂亮不漂亮？要我摸摸看。貨真價實，不是人工造假，害我臉紅心跳又好奇。當她掀裙子，我嚇得跑掉。如今回想，覺得好笑。現在她對我已沒興趣了，我路過718室見到她，她連招呼也不打。她又在搔首弄姿，向路過的年輕阿兵哥招攬：「我是718，去改號碼，我等你喔！」

玖

七月天氣炎熱，我來八三么服役一年十個月，服務生有三分之一換新面孔，衛兵連充員兵全換新的。我這隻老鳥毛已豐，帶著菜鳥做每天相同的工作，我只出口令，他們流汗賣力工作，我不會無理去整菜鳥，但我要求迅速完成任務，零缺點，否則要倒霉——罰站衛兵、不能休假。

連上的兵很怕我，服務生託我辦事或買東西，我都叫菜鳥去辦，如果有好處都歸我。連上長官極信任我，不管哪位排長值星，派工作帶隊一定是我。一些新兵很巴結我。我彷彿地下值星班長，丁團長、輔導官常詢問我，要不要志願留營。

大鵰來了

137服務生和客人有了爭吵，雙方在門口對罵，我出面處理。砲哥亮了買137的票，說服務生不准他進房間，不願意接客。

我問137：「妳有什麼理由拒絕接客？」「他的屌有多長，你知道不知道，張開你右手掌，從拇指到中指的長度，可以量二次還有餘。」我不相信有這種畸形的怪人。137又說：

「他上次來，只讓他插入不到一半，我就肚子疼嘔吐不止。這個客人我不接。」

我拉這位年輕充員兵進房間，要他獻出寶貝讓我鑑定，他掏出傢伙真讓我嚇一跳，足足有一點五尺左右，女生的陰道長度一般三到四寸，怎容得下整隻插入，我與年輕砲哥商量：「我讓服務生為你打手槍，或只准你躺下，由服務生在上為你服務，你肯不肯？不肯只有退票。這裡的服務生，沒有一個人肯讓你幹。」他委屈的點頭，兩人進入房間，我在外面監視等待結果，十五分鐘後，門開了，服務生去浴室倒水，砲哥也滿意地離開。

夏季休閒

台灣南部，天氣熱到36度很平常，熱使人無法早入眠，茶室服務生晚上八點下班，都會洗冷水澡、吃零食，請衛兵到大門口買冰品、水果。將走道和房間地下潑水降溫。一部分人坐或躺在床上看書，聽收音機，一部分人在走道聊天，抽煙吃東西。此時，衛兵是她們最歡迎的，尤其菜鳥兵長得俊俏者，數位服務生圍著年輕阿兵哥聊天。

大家分享手中零食、冰品、水果。我會帶十多位死忠的同袍上樓，我們九點四十分晚點名，這段時光和服務生打情罵俏，或捉弄「古意」的同袍。同袍中也會趁這機會和喜歡的服務生進房間，這是公開的秘密，同袍誰也不管誰，就如我和950室汪姊是一對。天氣熱，使得年輕人性慾高漲，精蟲作怪，有了對象，自然找機會進房間發洩，服務生也將我們視為男友，或是小丈夫般的疼愛，有求必應，你能幹幾次，從不拒絕。有好吃的食物也會留給自己的另一半，服務生會要求自己的小男友辦一些私事。這種男女關係一直維持到充員兵退伍。

晚點名結束，大約在十點以後。老兵敢溜上樓鬼混，菜鳥沒有那個膽。老兵上樓和服務生玩撲克牌、四色牌賭博。陪服務生到天將亮，又溜回寢室，預備參加早點名。長官知道也睜一隻眼閉一隻眼，反正不出紕漏、正常運作，一切順其自然。

「龜笑鱉無尾，鱉笑龜腳短」（台語），服務生都做同樣工作——賣屄，彼此沒有羞恥心的心態，客人排隊在門口站，服務生捧水出入，彼此不打招呼，匆匆忙忙進出浴室。彼此再好的朋友，不談今天服務了多少砲哥，收了多少張票。服務生在一起聊天，從不談床上的事，最多談到哪位老芋仔是奧客，會用手挖雞巴、搓奶太用力弄痛了她，要同伴注意這位老芋仔。

誰鳥守則

服務生愛喝酒，又是老煙槍，會有一個班頭，呼朋引伴，到某位服務生房間集合。集資請衛兵到外來買酒、煙、切小菜、魚湯（有時廚房提供吃喝，服務生提供酒），一群人喝到天微亮才散場。衛兵不敢喝到醉，明天有衛兵要站、有公差要做。我也參加過數次這種喝酒會。酒喝到一半，衛兵忽然「性」起，拉起自己心愛的服務生回房間打一砲，爽完兩人又回來繼續喝。

漫長的冬季，喝酒是最好打發時間。二、三樓分好幾攤在喝。雨季及颱風天，也是喝酒的好藉口，垃圾場的空酒瓶，堆得猶如一小山。什麼種類的酒都有，不管國產或是外國進口。衛兵守則第X條，不可提供酒和香煙給服務生，否則送軍法審判——放屁！守則誰鳥你。

射尿比賽

茶室晚上八點休息，衛兵和服務生都無聊。衛兵會上樓和自己喜歡的服務生幽會聊天嬉戲。

今晚和三位同袍上二樓，在025室門口被038肥卿截住。她們七位服務生，在浴室門口吃四果冰。「童子雞來吃冰。」拿了二十五元要同袍財哥去買冰。十一個人一面聊天一面吃冰，談古代西施、楊貴妃、貂蟬、大喬、小喬……古代美人，又談才女卓文君和蘇小妹的文章之美。

財哥說：「女人多賢才，小便也無法爬壁」，這是古人一句諺語。這句話引起眾服務生不滿，肥卿說要不要賭十包四果冰，我們女人一樣可以像男人站著小便，而且尿能射到牆壁上。財哥說：「賭二十包四果冰才夠吃。」而且每個人都要發射一次，看誰的尿射得遠、射得高。

大家走進浴室，首先由服務生011先上場，她脫下三角褲，站在面對牆壁二步遠，掀起裙子，扒開外陰唇，雙腳向前曲，陰戶挺向前，吸口氣發射，尿像拋物線噴向牆，只射到牆角，第二位093也如此的射出她的尿，更差，連牆角都不到。033上場，脫下內褲，擺好姿勢，將屁股挺得很高，很用力的將小便放出，如箭般射上牆。第四、第五、第六都能把尿射到牆壁，最後是肥卿，她身高170公分，肥壯像男人的身材，脫下內褲，她距牆四步遠，掀起裙子，扒開濃又密的陰毛和外陰唇，挺腰吸氣，大叫一聲，嗞嗞嗞的金黃色尿，像直線對著牆噴灑。我們男生看傻了眼。

現在輪男生上場，財哥拉出陰莖抖一抖，也是距離四步，噴射而出，和肥卿一樣高。另二位同袍也能像財哥，把尿射在同一點。最後輪到我，服務生都靠攏過來，我掏出老二，服務生有人驚呼，那麼長又那麼大。先把包皮搓開露出龜頭，甩一甩、抖一抖，讓它硬挺，猛吸一口氣，將尿用力推出，像一直線噴上牆，我將陰莖拉高，射得更高，我一面射尿一面後退一步，繼續用力小便，尿也是射在同一地點，我射完去洗陰莖和手。大家玩完這射尿比賽的遊戲，又回浴室門口聊天，財哥和二位同袍去買冰。

０３８問我：「童子雞，我們七個陪你一個，到房間去打砲，我們喜歡你，和你幹一定爽，走吧！」我看情況不對，溜之大吉，這裡靠近樓梯口，我轉身衝往樓梯下樓去了。

拔陰毛

經過數日，財哥向我討救兵，他和０３８那群服務生比拔陰毛比長度，我罵他：「你們真無聊，這種遊戲也玩。」

我邀十二位同袍，加財哥共十四位上二樓挑戰，對方來二十多位服務生，大家走進浴室，將浴室擠得滿滿。財哥拿一把小剪刀，服務生一個一個來，脫下內褲，剪下一支最長的陰毛，放在便當盒蓋子上，剪完服務生，換剪衛兵的，放在另一個便當盒蓋子上。

一群拿著兩個裝著陰毛的便當盒蓋，在走道日光燈下「一較長短」。服務生最長的約有六點五寸，張開你的手掌，拇指到食指的長度，衛兵的陰毛才五寸左右，財哥又輸掉十包四果冰。

大家湊錢去買了四十包四果冰。財哥又向０３８挑戰。

「我手中這塊冰，放進妳的陰道裡，直到溶化，不可拿出來。敢不敢，賭十包四果冰。」

０３８服務生說：「瘋子，那麼大一塊（大約長兩寸、寬四寸），放進嘴巴都有困難，陰道更不可能。」

財哥跑下樓，到冰攤要來一長條的、比較小的冰塊。０３８二話不說，脫下褲子，在眾人面前，將冰塊慢慢塞入陰道裡，雙腿夾住。繼續和我聊天吃冰。０３８服務生的雙腿內側，冰水泌泌的流滿地。十分鐘後，０３８服務生，用手指去挖陰道，要財哥來看，冰塊溶光了。

財哥又輸掉十包四果冰。

阿文姐

990室的服務生是位近五十歲的老女人，大家稱呼她「阿文姊」，她曾委託我買原子筆、十行紙、墨水、醃漬小菜、醬瓜、豆腐乳、麵筋。進入她房間，可見到滿桌的佛教經書，大悲咒、地藏王菩薩經之類，牆上貼了一張慚愧祖師像。她每天唸經、抄經，在這種炎熱的天氣，躲在房間看佛經。別人忙著在地上灑水，她老神在在獨自悠哉。我問她不熱？她回答：「心靜自然涼。」真的耶！她從未流汗，也未見去浴室沖冷水澡。

聽別的服務生說，990服務生在茶室工作滿七年了。她是一個沒有奢侈、浮華、虛偽認命的女人。不管冬、夏，就是那幾件衣服，除了上廁所外，從不離開房間。990室是三樓偏遠角落的一個房間，嫖客很少經過的路線，這附近住的都是年紀稍大的服務生。除老芋仔來光顧外，生意清淡。我偶爾進去990室和她聊天（因為要寫工作日誌報告），想了解她的過去。她都輕描淡寫地說：「我雙手沾滿罪惡，在此受老天爺責罰贖罪。往事不堪回首，我們不要談這些好嗎？」她就是那麼客氣。

我問她：「沒客人上門，每月要扣一百三十五元的伙食費，妳怎麼辦？」她回答：「一個月總會做三十張票以上，沒問題啦！」

「有沒有年輕的台灣充員兵上門？」

「很少，幾乎沒有。」

「妳零用錢從何而來？」

「有一個老士官每月給五十元零用。」

「多久可以離開這裡？」

「還很久，我也沒有去計算。」我如問她家裡人，她就沈默不語。990服務生告訴我，她一自由，就會找一間佛寺出家，了卻殘生。偶爾我會送冰或零食給她，她都拒絕接受。「我不吃這些東西。」她如此回應我。

「童子雞，我告訴你，到這月底，我和阿眉二人要畢業了，我們已收到公文了，你快來看。」138阿春姊和211阿眉姊，和我在茶室共同生活了二年，恭喜她們服完刑期要回家了，平日互相逗鬧、開玩笑，一起捉弄新兵菜鳥。她們要走，有些捨不得。

茶室的服務生和連上的衛兵，每個月皆有人畢業，每個月又有新人加入。如此循環作業。和我交情好的服務生和同袍，臨走之前，會找我交換電話號碼，和家裡的地址，我有一本小筆記本，共抄了一百多位。但從未互相通信、通電話，抄下來的資料，將來只能留作回憶。

汪姐再見

民國五十八年快結束了，我也「破百」要退伍了，在特約茶室服役二年多，熟悉這裡的環境，也和這些服務生有了生活感情，尤其是汪姊。退伍離開這裡，我有些捨不得。

每次到汪姊房間看書，她都會問我還剩幾天。

「我還有八十七天。」她憂愁的臉馬上顯現出來，數次對我說：「小弟，你走了後，我日子不知要怎麼過。我會多寂寞？我要跟誰做愛？」然後開始哭泣落淚。彼此氣氛降到冰點，接著就要求我上床做愛。她一次又一次的高潮，洩了又洩，好像永遠不滿足，她要吸光我的精液。白天也要、晚上也要，一見面就是要求上床做愛。我不上樓，她便搖電話到管制室催人，非要我上她房間不可。她服用鎮靜劑和安眠藥加威士忌酒，頭髮披散，猶如瘋婆子。因為我將退伍的影響，汪姊生病了，我勸她去看精神科醫生，她要求我志願留營，留下來陪她。

離退伍日期越來越近，我感到興奮。上樓見到熟悉的服務生，就喧嚷剩下多少天。整個茶室都知道我將退伍。以前捉弄我的服務生，和我聊天，說當時我如何可愛、呆鳥一隻。

「你走了，我們會懷念你。」

民國五十九年三月十四日早上，我褪下戎裝、換上西裝，將裝備和補給證交回。中午丁團長要來和我餞別，共同午餐。

早上有三小時空檔，我上樓和熟識的服務生道別，握手、擁抱說些彼此鼓勵的話。最後才來950室和汪姊說聲再見，汪姊從憂愁裡擠出笑容。叮嚀我要用功複習，考上國立大學，寫信告訴她生活狀況。要求我離別之前，再和她做最後一次的愛。

從丁團長手中，接到一張獎狀、退伍證和一張平快車票，鼓勵我考上大學，在社會裡做一個有出息的人，歡迎隨時回來茶室玩，並且給了我他家的住址和電話，希望我常寫信和他聯絡。

我終於服完三年兵役，也從八三么特約茶室學到性教育，領到畢業證書，永遠懷念950室汪姊，汪傳嫻，她是我性的啟蒙老師。

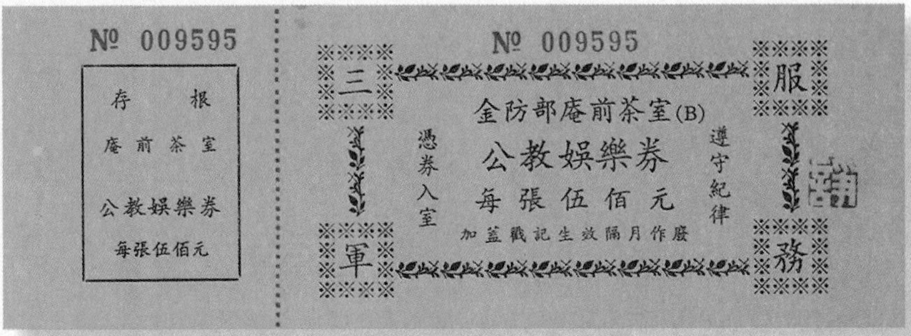
№ 009595
存根
庵前茶室
公教娛樂券
每張伍佰元
№ 009595
三軍
服務
金防部庵前茶室(B)
憑券入室
公教娛樂券
每張伍佰元
遵守紀律
加蓋戳記生效隔月作廢

後記：先做愛，後作戰
——從歷史看軍中樂園

編輯　王聰霖

軍妓制度是從什麼時候開始的？

在說到軍妓的由來以前，不妨先了解一下性服務產業是從什麼時候起出現在這世界上。

根據研究，早在西元前三千年前的美索不達米亞平原上，創造了人類最初文明之一的蘇美人就已經開始了性服務產業。因此我們也可以說，人類自從有文明已來，就把性當成一種可以交易的服務項目。儘管現在的主流宗教信仰大多將性服務是為一種罪惡，但是事實上在美索不達米亞平原上，性服務一開始卻是源自於蘇美人的宗教信仰。蘇美人崇拜愛與戰爭的女神伊絲塔（Ishtar），傳說祂會賦予信徒神聖的力量。那麼，要怎麼取得這些力量呢？在伊絲塔的神廟之中有一群從賤民階級徵召而來的廟妓，只要信徒奉獻金錢給神廟，只要信徒和廟妓之間進行……嗯……神聖的「儀式」，伊絲塔就會藉由這些廟妓將力量「傳遞」給信徒。

至於中國的性服務產業，祖師爺要首推春秋時代齊國的宰相管仲（西元前七二五～前六四五年）。管仲除了變法成功，讓齊國的國力盛極一時，他還建立了公娼制度，讓性服務成為國營事業，不但鄉親們開心，政府也因此多出一筆收入。那麼又是誰、又是從什麼時候開始，同意性是征戰沙場的士兵們的重要生理需求，而且有鼓舞士氣的作用，而在軍中設置了提供性服務的軍妓？則有多種不同的說法。

其中一種說法是根據《吳越春秋》的記載：「越王勾踐輸有過寡婦于山上。使士之尤思者游之，以娛其意。」這裡可以看出，在春秋時代為求復國雪恨而臥薪嘗膽的越王勾踐（出生年不詳，西元前四九六年至前四六四年在位）在位深知善用美色之道，不但送出了美女西施誘惑仇家吳王夫差，也了解可以利用美色來安撫軍心，派寡婦來陪伴在山上待命的將士，他也因此被認為是中國第一位設置營妓的人。另一種說法，則是舉出了《漢武外史》的記述「一曰，古未有妓，至漢武始置營妓，以待軍士之無妻室者」為依據，認為是漢武帝時代才出現了軍妓（古代稱為營妓），但是根據考察，在漢朝以前早已經有娼妓業的存在，軍妓也應該早就存在。如果「至漢武始置營妓」這個說法沒有錯誤的話，應該是指在漢武帝時將軍妓被制度化，成為軍隊中一個部門，而不是指直到當時軍隊中才被容許存在針對將士的性服務。

在歐美這方面，並不容易以追溯軍妓真正的起源，但是這可不是因為歐美老祖宗出兵打仗時人人都潔身自愛、無欲無求，而是因為他們根本不需要什麼軍妓制度。

這一點是以古羅馬時代當時的情況來說的。儘管古羅馬時代在藝術文化、法律制度、工程科技……等許多方面，都為現今的歐美文明奠定了相當的基礎，以當代的人權標準來看，古羅馬人邪惡野蠻的程度根本是令人髮指。他們其中一項最可惡的作為，大概就是荒謬至極的階級制度和奴隸交易。身為奴隸階級，就會被當成是貨物一樣地任意買賣，就算是被殺死或被強暴，只要對方的社會階級較高，頂多也只會判處相當於損壞貨品的輕微罰責。當然了，遭到羅馬軍隊所征討的外國或蠻族女性，下場更是淒慘。在歷史上，羅馬軍隊就因為強姦敵國婦女而惡名昭彰，女性一但落到了這些飢渴又毫無人性的羅馬士兵手上，就會被當成戰利品一樣地分享。所以羅馬士兵哪還需要什麼軍妓院？加入羅馬軍團，整座城市、不，整片歐洲都是你的軍妓院。

近代其他的外國軍隊也有設置類似八三么的軍妓院嗎？

如果你聽說過第二次世界大戰中的「慰安婦」這個名詞，就應該知道是有的，但是還不只如此，這得從更早一點以前說起。

從第一次世界大戰起，英國、比利時、德國……等許多參戰國都在前線就近設置了軍用妓院，長年在戰場上無法返家的士兵們解決需求、釋放作戰的壓力。舉例來說，英國的軍用妓院分成了士兵用和軍官用，士兵用的妓院被稱為「紅燈」妓院，房間裡只有行軍床和毛毯，設備相當簡陋；至於軍官們所使用的「藍燈」妓院，可就要高級舒服多了，不但傢俱齊全，甚至還有香檳可以享用。

儘管設置軍妓院算是出自英國政府和軍方的「美意」，不過許多士兵來找樂子時未依照建議使用保險套而感染了性病，總共有超過15萬人回國入院治療，讓他們的兵力大為折損。另一個壞消息是，在家鄉痴痴守候著丈夫或情人出征歸來的女人們，原本對前線軍妓院的存在一無所知，以為男人們在外忍受著寂寞為國作戰，這下子全因為這些中鏢入院的士兵們全露了餡——英國士兵們就算避開了性病的感染，又躲過了敵軍的子彈，而且也打了勝仗，平安無事地凱旋歸國，家裡那場嚴刑拷問恐怕是在劫難逃。

法國大兵的慾望似乎更加旺盛，因為他們隨時隨地都要，就算是軍隊在野外紮營，他們也非得好好發洩一下不可，於是他們在第一次大戰時就開發出了「行動軍妓院」這樣方便的發明。簡單地說，就是讓妓女隨著軍隊行進，軍隊備有專屬帳篷，讓她們可以在紮營時為士兵們提供服務。而且在與敵軍交戰時，這些妓女們也沒閒著，她們得要充當醫護助手照顧傷患。軍隊這項貼心的措施，受到了士兵的熱烈歡迎。儘管一九四六年，法國立法禁止了妓院的經營，但是卻沒能阻止軍方繼續在大小戰役中繼續使用行動軍妓院，直到一九九〇年代末期才停止。

在第二次大戰期間，各個參戰國設置軍妓院的情況更為普及，但不幸的是，強迫被佔領地區的婦女為士兵從事性服務的情況變得非常嚴重，甚至在戰後被列為是罪狀之一來被審判清算。納粹德國連戰皆捷的巔峰時期，不但將版圖擴展至全歐洲，也讓他們的軍用妓院在歐洲遍地開花，總數約有五百座。這些軍用妓院中，有些是直接使用現成的妓院，有些則是新設立的，當時全歐洲至少有 34,041 名女性被迫到這些軍用妓院服務納粹德國的軍人，其中有不少人試圖逃出妓院。舉例來說，就曾有一群女性逃出了在挪威的納粹軍妓院，尋求當地路德教會的庇護。

猶太人小說家 Ka-Tsetnik 135633（沒錯，他有個奇怪到不行的筆名）在他一九五五年所出版的小說《娃娃屋》之中，就描述了在第二次世界大戰期間，猶太人女性被送進納粹集中營，成為德國士兵性奴隸的悲慘故事。Ka-Tsetnik 135633 本身就曾經是納粹集中營的受害者，據說《娃娃屋》的故事原型，是來自於一名曾在波蘭的集中營軍中妓院擔任軍妓的女性的日記。

日本在第二次世界大戰時，在占領地區所設置的軍妓院惡名昭彰的程度絲毫不遜於他們的同夥納粹德國。不管是在中國、韓國、台灣、菲律賓、緬甸、越南……只要是被日軍所佔領過的國家，就曾留下他們強迫當地婦女充當慰安婦的醜陋事跡。第一間慰安婦軍妓院，也就是「慰安站」一九三二年在上海設立，在設立當初，還是由自願報效國家的日本妓女來擔任慰安婦。但是隨著戰線擴大，從日本招募而來的慰安婦漸漸顯得人手不足，為了穩定軍心，日軍便開始登報謊稱要雇用當地殖民地的女子當女工和護士，前來應徵的女子便遭到日軍綁架，被迫成為了他們的性奴隸。至於被迫成為慰安婦的女性人數，由於缺乏正式記錄，難以確定究竟有多少人，但是根據歷史學家的估算，應該高達了10萬至20萬人。

儘管美國成了第二次世界大戰中的贏家，擺出一副正義之師的姿態，但是他們在戰後才正要開始來點樂子。在一九四五年，美國攻下被日軍佔領的南韓後，所接管的不只是他們的軍事設施，也包括設置在營區市鎮內的慰安站和其中的慰安婦。儘管一時之間，美軍政府曾立法禁止當地的賣淫行為，但是到了一九五〇年，南韓與美國等多國聯軍與北韓和中國、蘇聯的聯軍之間爆發了韓戰，這些慰安所就再度派上用場，成為撫慰美韓士兵辛勞的要地。在戰爭期間，如果有北韓婦女被美軍所擄獲，她們也會被迫成為慰安婦，甚至是遭到強暴。

經過了這場戰爭，南韓政府有了個重大覺醒：我們需要性服務！與其讓美軍到鄰近的日本找樂子，還不如我們自己賺這筆錢。於是南韓政府讓慰安所再度合法化。到了南韓軍政府時期，營區市鎮中更進一步的成立了「特殊觀光區」，說白了也就是性交易專區，裡頭滿滿都是提供性服務的酒吧，美國大兵們玩得開心，南韓政府也可以藉此發點小財。

在慰安所工作的妓女，雖然一般仍被通稱為慰安婦，但是因為出身地不同，她們還有著不一樣的暱稱。比如遠從美國或俄羅斯被徵召而來的女性，就被稱為「洋公主」、「西方妓女」、「北佬妓女」，從菲律賓徵召而來的，就被稱為「豐滿女郎」。說是徵召，其實有許多俄羅斯和菲律賓女性都是被又拐又騙又逼才不得不下海的。一開始，她們以為是來南韓的美軍酒吧當中擔任歌舞女郎，被送到當地之後，才被告知要和美國大兵們進行性交易。其中有些還妓女因此懷孕，當美軍士兵回美國，妓女所生下的孩子通常就被遺棄成為孤兒。加上美國在韓國和日本沖繩的駐軍士兵都曾留下對女性暴力攻擊和集體性侵害的不良紀錄，種種因為美軍的性犯罪和他們嫖妓後產生的問題，讓妓女在南韓成為了反美活動的象徵。

在二〇〇四年，南韓政府通過了「反娼妓法案」，明令禁止了性交易。不過，這還是阻止不了美軍士兵找點樂子。直到二〇一三年，美軍的南韓基地指揮官下令將所有從事性交易的酒吧移出營區外，一開始當地居民因為擔心色情業往民間蔓延，對美軍進行大規模的示威抗議，不過這卻讓酒吧的主要客人美軍弟兄大量減少，一間接一間地倒閉，就結果而言，反倒暫時抑制了美軍嫖妓的風氣。

為什麼中華民國國軍所設的軍妓院會被暱稱為八三么？

世界各國的軍妓院都各自有著獨特的別稱，比如說：英國的軍妓院被稱為「歡樂分部」（原文為 Joy Division。這個名稱後來成為一九八〇年代初一支英國經典後龐克搖滾樂團的團名，如果你和英國人聊起來，他們應該會相當欣賞你的音樂品味），法國的行動軍妓院則被暱稱為「糖果盒」（原文為 la boîte à bonbons。這個名稱在法國民間就是指普通的糖果盒，如果你和法國人聊起來，他們會以為你對甜食充滿興趣），中華民國國軍過去所屬的軍妓院，眾所皆知，一般被俗稱為「八三一」或是「八三么」（嗯，這個名稱後來也成為了台灣一支流行樂團的團名，儘管據說他們團名的由來和軍妓院毫無關係），不過說到它的正式名稱，清楚的人應該不是很多，那就是「軍中特約茶室」。

說到八三么這個名稱，則流傳著一些不同的說法。跟據維基百科上的記載，這個名稱得從軍中特約茶室設立的起源說起。由於金門鄰近中國大陸，對於台灣來說是防衛中共軍隊來犯的軍事要地。但是對於駐守在金門的國軍來說，儘管責任重大，但是在風氣純樸的金門，任務之餘想要來點什麼舒壓解悶的娛樂，可就不是那麼容易的事。為了讓遠駐外島的官兵們日子不要過得太鬱悶，也為不要讓他們欲求不滿，還沒保家衛國就先而成了地方上的治安隱憂，從民國四〇年（一九五一年）起，國軍便在金門的金城鎮設立了第一間的「軍中樂園」，官兵必須先購買「娛樂券」才能進場消費，依照士兵或軍官等位階差異，票價也有所不同。到了民國四十六年，軍中樂園則被更名為「特約茶室」。據說「特約茶室」的電話分機就是831這幾個數字，所以漸漸地「八三么」就成為這間特約茶室的別稱，之後成的特約茶室也就約定俗成地被繼續這麼稱呼。

但是，民間還流傳著其他截然不同的說法，其中之一提到，因為在軍中通信單位發電報所使用的中文電碼中，表示女性生殖器官「屄」這個字的電碼是8311，因此這名為「茶室」實為「軍妓院」的地方，就被簡略以「八三么」來暱稱，而在八三么中服務的性工作者，則被通稱是「侍應生」；另外，根據由政府發行的地方報《馬祖日報》在二〇一三年1月1日的報導，馬祖北竿橋仔社區協會理事長陳天利先生說：「我們老百姓的說法是什麼呢？民國三十幾年、四十幾年的時候錢還很大，一塊錢還很大，一次要幾塊？一次要12塊。你去買票一次是12塊，（其中）8塊是誰的？小姐的，3塊據說是抽成的，1塊是掃地歐巴桑的，所以叫八三么……」，但是在二〇一二年，馬祖舉辦「馬祖戰地政務文物展」期間，收藏家曹依俤曾表示，他的解讀是最早期八三么的票價是12元，8元歸待應生，3元是伙食和雜項費用，還有1元則是教育捐。

那麼在這各種傳言之中，究竟有沒有正確說法存在呢？儘管因為年代久遠，已經難以直接證實這些說法的正確性。不過，根據有大量以金門的歷史文化為背景的小說及散文等文學創作，並且曾經任職金防部政戰福利社經理，管理特約茶室長達三十年，對於八三么歷史有過親身近距離體驗，著有《走過烽火歲月的金門特約茶室》、《金門特約茶室》等書的金門作家陳長慶的考證，當時大多特約茶室所使用的分機號碼是０１８，因此「八三么的俗稱來自於電話分機號碼」這樣的傳言真實姓不高，但是「屄」這個字的中文電碼是８３１１這一點，卻是正確無誤，相較之下，「八三么的俗稱來自於『屄』的中文電碼」的可能性就相當高。

「八三么」不是只有在金門才有嗎？除了金門，還有哪裡有呢？

所謂的「八三么」並不是某所特定軍妓院的代稱，而是所有軍妓院的通稱。至於「所有」究竟是指多少所？它們又分布在哪裡呢？很多很多，到處都有，它們和中華民國國軍泥水交融、互依共存、有部隊就有它、有它就有部隊。

隨著第一間的軍中樂園的成立，八三么首先是在金門這軍事要地上遍地開花。除了金城總室以外、山外、沙美、小徑、成功、庵前、東林、青岐、后宅、大擔等地點，也先後設立了特約茶室，以及配合慈湖築堤工程而臨時設立的「安岐機動茶室」（接招！法國佬）。但是，光是金門的弟兄有得爽，一樣屬於外島前線軍事要地的馬祖上駐守的弟兄們應該會抓狂，所以從民國四十一年（一九五二年）起，在馬祖南竿島牛角鹽館，也成立了第一所的軍中樂園，接著在北竿「懷道樓」附近的新樂園也有軍中樂園開業，然後在東引南澳、梅石村、高登高、西莒、東莒也都陸續成立了軍中樂園。

外島弟兄的福利，漸漸地也讓在台灣本島的弟兄眼紅了。所以，到了民國四十三年（一九五四年），國軍也開始在台灣本島的鳳山、中莊、屏東、花蓮等地的部隊開始試辦起軍中樂園，接下來在，之後潮州、屏東、鳳山、高雄第一、高雄第二、仁武、台南、嘉義、新營、中莊、燕巢、虎頭埤；北部其次：基隆、桃園、淡水、楊梅、龍岡、湖口、苗栗、大湖、大崗、員山、礁溪、新竹、谷關；中部：烏日、大雅、內埔、南投、太平；東部：花蓮、台東都普遍設立了軍中樂園。本書中故事發生的地點「鳳山特約茶室」，就是在台灣本島當中規模數一數二的八三么。

但是，說到這些特約茶室的確實總數，除了金門地區的資料有被完整保留下來以外，台灣本島所保存的相關資料卻不多。其中之一的原因，可能是由於部隊經常調度，讓這些特約茶室難以穩定經營，因此經常開開關關，要確實掌握他們的數量有所難度。當然也不免會讓人臆測，是不是有哪位高層人士忌諱這類的情報若是流入民間，要是遭到追究，對自己的形象或權力會有所打擊，所以……

雖然特約茶室的存在已經被廢止，但是在金門的小徑特約茶室，以紀念展示館的形式被保留了下來，讓懷念、嚮往或好奇八三么風貌的遊客可以去走走逛逛。展示館中大多的裝潢和家具以及其他物品的配置，都依然保持著它在經營當時的原貌，甚至在牆上還懸掛著侍應生的照片，不過，這裡也新增了許多導覽看板，藉由看板上的文字說明，遊客們可以了解八三么成立到廢止期間所歷經的時空背景以及各個年代的票價變化，比如在民國四十年茶室成立之初，軍官票價是一張15元，士官兵票價是一張10元，到了民國七十八年（一九八九年），票價已經漲為庵前軍官票250元，副官士官長票200元，士官票150元，當時也開放非國軍的公務人員購買公教娛樂票進場消費，但是票價可是高達500元。

在展示館的其中一扇門上，還懸掛著一副對聯。上聯寫道「大丈夫效命沙場磨長槍」，下聯則是「小女子獻身家園敞蓬門」，橫批為「捨身報國」，以部隊和特約茶室的共生關係來看，讓人不得不說這對聯寫得貼切得很。

順帶一提，儘管當年這所謂的「茶室」曾是掛羊頭賣狗肉的軍妓院，在成為了展示館之後，倒是開始販售起金門茶園中所栽植的茶葉和咖啡，總算有些算是名符其實了。

在八三么裡工作的侍應生都是從哪裡來的？她們是自願的，還是……

事實上，「侍應生的來源」這一點可能是「八三么」營運最引人爭議的一個環節。光是八三么的存在本身，就已經曾是個讓政府捏把冷汗想要遮掩的話題，而且民間經常有傳聞，這些侍應生並不是出自個人的意願，而是因為犯了罪才來到金門八三么擔任侍應生折抵刑期，或是受到其他方式的脅迫誘騙，才不得不在八三么裡工作。如果真是如此，那麼對於國軍和政府的形象必然是很大的傷害。

根據金門作家陳長慶的說法，來到金門的茶室侍應生，是透過臺北的召募站，合法的召募而來的，對於外界傳聞說法，他感到相當不認同。而且他也認為八三么的設立，是制度化地讓軍人的性需求得到抒解，如果沒有八三么，可能會引發更多嚴重的軍紀問題。他之所以會著作《走過烽火歲月的金門特約茶室》和《金門特約茶室》等紀錄八三么故事的書籍，目的之一，就是要為蒙受了外界許多不公質疑的八三么平反。

儘管如此，還是無法止息八三么侍應生來源在民間所引起的爭議。以部落格《你不知道的台灣》獲得全球華文部落格大獎，並出版同名系列書籍，揭發許多過去不為人知的台灣歷史秘辛書籍的知名部落格作家管仁健，就曾經對陳長慶「八三么侍應生皆是合法招募而來」的說法提出異議。在他曾在二〇一〇年，發表一篇題名為〈強逼幼女賣淫的國軍特約茶室〉文章中，引用了多篇聯合報的新聞報導，說明八三么侍應生的召募過程確實有許多可議之處。一九六九年一月十一日《聯合報》的報導中提到：「……林蜂蜜將十九歲的雛妓許×森，吳明章將十四歲雛妓劉×霞，先後分別送至『桃園特約茶室』賣淫……」，一九六五年十一月十七日《聯合報》的報導則寫到：「台北市警局少年警察隊，偵破一件涉嫌逼良為娼案，十五歲陳姓少女於本月十二日逃家，經家屬報警查尋結果，才知道是被傅傑、林滿妹夫婦誘拐離家，經傅傑施以強暴後，由同夥謝文鑫、鄺農二人將陳女賣到關渡茶室，繼又轉賣到『龍崗特約茶室』……」，一九六五年七月二十七日《聯合報》第三版報導：「……曾女在警局哭訴；她在十六歲時因生母死亡，生父即作主將她嫁給一個四十多歲的男子為妻，至去年與該男子離婚，乃父騙她到台中遊玩，結果是以兩萬元代價把她押給『台中特約茶室』賣淫……」除此之外，從許多社會新聞報導中，都可以看出許多侍應生都是經由誘騙或暴力脅迫等非法手段，不得不在特約茶室中從事性服務，而且其中有許多還是年齡未滿18歲的雛妓。一九六六年三月三十日《聯合報》的報導中更提到了，甚至有未滿十四歲的女孩被迫賣淫，而且還受到極為殘酷的對待，包括了經期來時只準休息一天，第二天就必須繼續接客；未滿十四歲，發育不全者每星期打荷爾蒙針劑六針；茶室專人把守，她們沒有自由活動的權利……等等。

知名作家李敖在他所著的《中國性研究》中發表的〈國民黨與營妓〉一文中，敘述了他在從軍期間，在各所「軍中樂園」（特約茶室）進行專題研究時的見聞。在文章中他提到當他造訪鳳山仁武特約茶室時，所見到的侍應生「……姑娘們的年紀有十五六七八歲的，也有三十多歲的……」由這段話可以看出，當時在茶室中有著未成年的雛妓，接下來，他還提到一段他與侍應生之間的對話：「……她說：『排長，我給你看一樣東西。』說著就撩起裙子，露出大腿，大腿上面赫然幾條紫痕。她說：『接的客人不夠，要挨打。』」從這裡又可以得知，特約茶室不但硬性規定了侍應生的接客數量，還會對不符要求者加以接受體罰，因此侍應生所受的待遇並不人道。

到了民國六十三年（一九七四年），基於人權和治安問題種種，這經常登上報紙社會版的台灣本島八三么，總算是被勒令停業。不過辛苦的外島駐軍弟兄，還多快活了幾年，直到民國八十一年（一九九二年），外島的八三么才隨著戒嚴令的解除也吹起熄燈號。

國家圖書館出版品預行編目資料

八三么軍中樂園 / 葉祥曦作 . -- 初版 . -- 臺北市 : 大辣出版 : 大塊文化發行 , 2014.08
面；　公分 . -- (dala sex ; 33)
ISBN 978-986-6634-44-4(平裝)
857.85　　　　　　　　　　　　　　　　103014479

not only passion

not only passion